청춘에게 묻는다

너는 안녕한가요?

청춘에게 묻는다

초판 1쇄 인쇄   2014년 09월 22일
초판 1쇄 발행   2014년 09월 29일

지은이   서 주 연
펴낸이   손 형 국
펴낸곳   (주)북랩
편집인   선일영   편집   이소현, 이윤채, 김아름, 이탄석
디자인   이현수, 신혜림, 김루리, 추윤정   제작   박기성, 황동현, 구성우
마케팅   김회란, 이희정
출판등록   2004. 12. 1(제2012-000051호)
주소   서울시 금천구 가산디지털 1로 168, 우림라이온스밸리 B동 B113, 114호
홈페이지   www.book.co.kr
전화번호   (02)2026-5777   팩스   (02)2026-5747

ISBN   979-11-5585-350-4 03810(종이책)   979-11-5585-351-1 05810(전자책)

이 도서의 국립중앙도서관 출판예정도서목록(CIP)은 서지정보유통지원시스템 홈페이지(http://seoji.nl.go.kr)와
국가자료공동목록시스템(http://www.nl.go.kr/kolisnet)에서 이용하실 수 있습니다.
(CIP제어번호 : CIP2014027713)

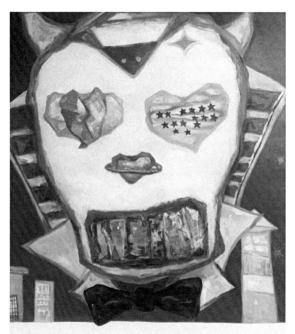

청춘에게 묻는다
너는 안녕한가요?

북랩 book Lab

CONTENTS

3월

March

다들, 안녕하니?

오늘 하루도 양손의 저울질에,
마음속의 이중성에,
세상의 양면성에,
너무 고단하지는 않은지….

봄을 앞질러 보내는 봄의 메시지.

안녕, 다들.

아주 오랜만이야.

특정한 인물이 아니어도 막연히 당신들이

그리웠다, 라고 말을 한다면

나도 조금은 거짓스러워 보이겠지만,

그냥 삶에 흐드러지고 노곤해져

손을 내밀며 뱉는 가벼운 인사쯤으로 여겨줘도

괜찮아.

이렇게 불현듯

당신들에게 이른 봄의 메시지를 보내.

무심했던 나를 욕하자면

크리스마스의 메시지도

해피뉴이어 메시지도 사실 첫 구절을 시작할 수 없어

몇 번을 지우다 말아버렸더니

크리스마스도 새해도 다 지나가 버렸더라, 라고

핑계를 댈게.

멍청히 보낸 일 년째 월요일

그리고 번쩍 깬 화요일

하루 온종일.

플러그 뽑힌 전자제품처럼 앉아있었어.

그런 마음.

긴 말을 뱉고, 긴 침묵을 잇는

사연을 아는 단 한 명과의 국제전화 두 통을 시작으로

그 닷새를 삭제하는 마지막 하루를 끝으로

2월 25일의 나는 2월 18일의 아침과 같은 얼굴로 웃을 수 있었어.

그냥.

주렁주렁 늘어놓고

이런 스토리 없는 후줄근한 충격에 괜찮냐고 왜냐고

하는 말 대신 들을 수 있는 조금 거리 있는 위로가 필요했는데

어째서 나는 이쯤에서 벌써 헛소리나 할 수 있을 만큼의
무언의 위로를 받았다고 느끼고 있는지 모르겠어.

내가 그랬듯, 당신 또한 모두 괜찮아질 거야.

인생은, 어쩌면 거짓말투성일지라도,
거짓이 무서워 거짓으로 마주하기보다
거짓이 진심의 뒤통수를 치더라도 조심스럽게 진실로 마주한다면,

뒤통수가 모두 닳고 닳아 없어지기 전에
진심을 골라내는 노하우 정도와 내 진심을 알아주는 친구들 몇은
남길 수 있지 않을까, 하고 마음을 꿰매.

성급하게 되찾은 내 후련함 뒤에 엄하게 타깃이 된 고마운 여러분은,

그저 뜬금없는 화요일
봄의 따스함에 속아 화사해지고 싶다 말아버린
불쌍한 행인의 넋두리쯤으로 흘려버리길 바래.

해가 길어지고 바람이 느려졌어.
누가 부르지 않더라도, 누가 있는 힘껏 막더라도,
치명적인 햇살로 꽃과 나무를 깨우며 충격적인 봄이 엄습해.

다들, 진심으로 봄을 맞되
이불 꼭 덮고 자고

봄의 다정함에 숨은 잔인함에 그래도 뒤통수는 조심하길 바래.

다시 안녕할게.
다들,
부디 여름까지
3월의 꽃샘추위와 4월의 봄바람
그리고 오뉴월의 감기를 조심하길 바랄게.

살아있다는 것은,

낯설고
외롭고
냉정하며,
실없고
맹목적이며
정처 없다.

하지만 어떠한 개인적인 이유가 있어 삶을 살든 간에,

눈이 있고
귀가 있고
발과 손이 있어 세상을 더듬을 수 있다는 것,
마음으로 이것을 느낄 수 있다는 것은
벅차고 설레는 일이며

휩쓸려 살아간다는 것,
고민에 휩싸여 흘러간다는 것 또한
애틋하고 상냥한 일이 아니라고 장담할 수 없다.

나만이 아는 비밀스러운 특별함을 발굴해

그것을 사랑하게 된다.

우리가 사랑하는 상대적인 '특별함'이란

짚어보면 특별히 유별나지 않지만

내가 눈여기지 않은 무엇과 비교하여 결코 평범하지 않다.

누군가의 눈에, 우리는 모두 평범한 무엇을 사랑하지만

우리는 모두, 특별한 무언가를 사랑하고 있다.

특별하지 않은 나도,

특별하지 않은 그도, 그녀도

언제나 대상이 될 때는 특별해진다.

그럴 때 우리는 모두 잘났다.

사람들은 빛 좋은 개살구처럼 살고 있다.

나도 빛만 좋은 개살구이다.

다들 각자의 고민이 있고, 한계가 있고, 외로움이 있고,

그러면서도 모든 것이 괜찮은 양 나를 봐 달라, 봐 달라,

번지르르한 색을 바른다.

나만 그렇게 비극적이진 않은 것이다.

하늘은 너무 파랗고

구름도 동실동실 떠

바람도 불지만 햇살이 따갑고 건조하다.

해나 닭보다 빨리 새벽 4시에 아침을 시작하고

습관적인 커피를 들고

졸음을 달래고, 잠깐의 여유를 마신다.

아주 바쁜 것은 아니지만 그렇게 느슨하지도 않다.

인연과 수다에 대한 매일의 짧은 나절들.

빨간 장기를 가진 스물 몇의 광기.

여자. 서주연은 과거를 뜯어먹으며 현재를 산다.

그리고 지금도 쉼 없이

과거를 생산하며. 추억을 수집하는 중이다.

겨우 스물 몇 살.

마음을 아끼지 않겠습니다.

최선을 다해 현재와 사람을 사랑하겠습니다.

멋진 과거를 위한 멋진 현재를 살겠습니다.

친구가 있는 인생은 용감하다.

친구가 있는 인생은
면접에 떨어지고도 술 한 잔 할 친구가 있어 처량하지 않고,
별 볼 일 없는 애인에게 목매지 않아도 돼 도도하고,
영화를 보고 눈이 판다가 되어도 시선이 두렵지 않고,
길에서 폴짝폴짝 뛰다가 미끄러져도 창피하지 않다.

쇼핑 중 돈이 모자랄 때 그거 별로 안 예뻐, 라고 말해주는 친구
그깟 거지같은 회사, 라고 함께 씹어주는 친구
몸 상한다, 술잔을 뺏어주는 친구
애인의 바람 현장을 같이 파헤쳐주는 친구
이런 사소함을 함께하는 친구가 있다는 것.

그들은 나와 시답지 않은 농담이나 하며 언제나 헤헤거리지만
더 이상 웃지 못할 상황이 닥쳤을 때,
그들의 한마디는 인생의 든든한 에어백이 되어줄 것이며
어렵지 않게 다시 시답지 않은 농담을 하며 웃게 해줄 것이다.

시간의 재빠름에 놀라긴 하지만
아직은 나이를 먹는 것이 겁이 나지는 않는다.

파릇파릇한 나이의 무모함이 있다면
중후한 삶의 무게에는 그 노련함과 연륜이 있을 것이다.

그 연륜에 따른
세상에 대한 담담함과 포커페이스의 이면에
더 약해진 마음과 외로움을 부둥키고 있겠지.

모자를 쓰고 선글라스를 쓰고

나는 네 손을 잡고 딴 생각을 하는 거지.
나는 딴 생각을 하는 사람이지.

내 눈에 네가 흐릿하고
끊임없이 무슨 말인가를 하는 네 목소리가 흩어져
내 귓전에 부딪히는 알 수 없는 웅얼거리는 소리.

앞에 놓인 너와 내가 공유한 커피 한 잔의 공통, 혹은 벽.

너와 나는 한 커피를 마시며 꽂힌 두 개의 스트로우처럼
서로 딴 생각을 하고 있는 거지.

사는 데 답은 없지만

굳이 찾아야 한다면,
열심히 살고 싶으면 그게 답이고
즐기며 살고 싶으면 그게 답이 아닐까.

자신만의 답으로 답안지를 메꾼다.

누구도 빵점이 아니다.

**42
Street**

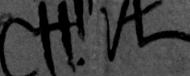

4월

April

문득 생각난 나의 친구들에게.

나는 나의 소중한 친구들이

얄팍한 타협으로 편함을 추구하는 사람은 아니었으면 좋겠고
적당한 잔머리로 인생의 쉬운 길을 찾은 사람이 아니길 바라며

나는 나의 너무나 소중한 친구들이
꿈이 힘들다, 어렵다, 따위에 무너지지 않는 무식한 순수함과 열정이 있었으면
좋겠다.

나는 나의 너무나 보석 같은 친구들이.
자신을 까먹는 바보는 되지 않았으면 한다.

늘 부딪히고 피나도, 씩 웃는 멍청함과
그래도 또 부딪히는 곱빼기의 멍청함과
또라이 같은 행동력과 수더분함과 털털함, 솔직함이 있었으면 좋겠다.

세월이 흘러
10년이 흐르고 20년이 흘러 어느덧 중년의 때가 탔을 때에도.
늘 한없이 맑게 웃을 줄 아는 사람이었으면 좋겠고
어른이 되었다고 정말 중요한 것을 잊고 살진 않았으면 좋겠다.

'꿈'이라는 당신의 아름다운 목적을 잊지 않길 바란다.

정말 소중한 몇 안 되는 나의 친구들이
정말 그랬으면 좋겠다.

자루와 만난 날

비가 왔던 날.
기차를 타고 춘천에 가려 했다.

그러나 서울역,
달콤한 아이스크림에 주저앉고, 지나친 추위에 주저앉아
틀어진 계획의, 틀어진 인생의, 의외의 즐거움이 반가워
홀 안의 그 누구보다 홀가분하게 웃었다.

만약,
목적지에 도착했다고 하여
이 만큼의 즐거움은 보장될 수 있었을까.
무언가를 준비하며 충분히 설레었다면,
꼭 이루어야만, 꼭 손에 쥐어야만 의미가 있어지는 건 아닐지 모르겠다.

누구나 맑게 웃을 때가 있다.
그리곤 즐거움에 빠져 사방을 두리번거리다
누가 무엇을 쥐었나, 누가 무엇을 이루었나를 보고나면
갑자기 못나 보이는 거울 속의 자신에, 삶의 치열함에, 여유를 잃고

앞선 주자에 대한 도태감에,
뒤따르는 주자에 대한 강박감에 조급해져 버리면

마음을 잃고, 궁극을 잃고, 중심을 잃어
이루어도 채워도 만족할 수 없는 상태가 되어버린다.

나 또한 그랬었고, 다시 그렇게 되어버릴지도 모르겠지만
쉬어가라고 게으름을 부추기며 달콤한 초콜릿을 내미는
백해무익한 친구들이어도
그 따스한 손을 잡는다면

채우지 않아도, 손에 쥐지 않아도
나는 만족감을 느끼고 살 수 있을지도 모르겠다.

어서 서른이 되고 마흔이 되면

왜 이십대에는 세상 마음이 다 내 마음 같지는 않았던 건지
왜 이십대 마음 같이 세상도 조건 없고 순수하지는 못했던 건지 알고 싶다.

언제나 진실은 마주하게 되어 합일점을 이룰 것이라 생각했고
꿈을 좇아 살다보면 꿈처럼 살 수 있을 줄 알았고
이것을 의심하지 않으면 현실도 꿈과 별다를 바 없을 줄 알았다.

세상은 조건을 요구하고, 사람들은 입에 혀같이 굴길 바란다.

있는 그대로의 그것들을 받아들이면 되는데
왜 맞춤양복처럼 그들의 마음에 딱 맞게 재단되어야 하고
단추 개수, 호주머니 위치까지 눈치를 봐야 하는지 실은 잘 모르겠다.

현대 사람들은,
기성복에 몸을 맞추고
공장 커피에 입맛을 맞추고 살아가면서도,
원래부터 그렇게 생겨먹어져 제각각 태어나
수십 년을 그렇게 살아온 사람에게는 자기 생각과 다르면 이해하지 못하고,
자기 성격과 어긋나면 칼을 성큼 꺼내 다듬으려 난도질을 해놓는다.

우리는 모두

생김새도 성격도 누구와도 똑같지 않게 특별제작되어

각각 다른 환경에서 각각 다른 조리법의 음식을 먹고 다른 교육을 받으며 자라

문제가 되지 않는 범위 내에서 색을 발하며 제 역할을 다하면 되는데

왜, 타인한테까지도 자신의 색을 칠하려 달려들까.

시간이 느려지길,
혹은
시간이 빨라지길 바란 적도 있다.

머물 수 없는 추억에서 한 발짝 한 발짝 멀어져

점점 멀어져 흐려져 버리길
점점 빨라져 없어져 버리길 바란 적도 있다.

날짜 변경선을 지나와 14시간의 갭을 두고
나의 사람들과 같은 시간을 살 수 없는,
한 공기를 머금을 수 없는 곳, 뉴욕.

나는 그렇게 살아간다.

봄바람에 줏대 없는 마음이 날릴 때,

누군가는 fresh 초를 태우는 사람이 나쁜 사람일 리 없어, 라는 말을 뱉었다.

그리고 나는 그 말을 주워 담았다.

봄이 가고 여름도 가고 가을 파란 하늘이 높아질 무렵,

fresh의 그 사케향이 내 샴푸냄새만큼이나 익숙해졌고

fresh의 새콤한 향 대신 그 뒤의 선한 향을 맡을 수 있게 되었다.

금요일, 집에 사케 초 한 컵이 생겼다.

깜깜한 거실에 초의 작은 밝음이 아른거린다.

이제는, 어둠이 져도 무섭지 않은 형체 없는 그림자가 나를 따르고

습관 하나하나, 일상 하나하나에 오아시스가 고인다.

일단은

최고로 선한 향을 맡고 있다.

최고로 예쁜 향을 삼키고 있다.

아주 화창한 토요일,

아주 격한 스물 넷.

촛농이 흐른다.

마음이 넘친다.

스물 넷, 내가 찾은 블랙홀에

사케가 있고 음악이 있고 청춘이 있고 빨강이 있다.

5월

May

이렇게 시간이 흐릅니다.

모르던 사이가 알던 사람이 되고.

아는 사람이 좋은 사람이 되고.

눈인사를 하고.

손을 잡고, 끌어안고,

함께 웃습니다.

그리고 우리는 이것을 인연이라 부릅니다.

시간의 흐름을 어찌할 수 없듯이

시간의 힘을 무시할 수 없으며

그동안 곱게 쌓은 마음의 공을 하루아침에 허물 수 없듯이

그동안 곱게 무너뜨린 마음의 벽을 단번에 다시 쌓아버릴 수도 없습니다.

그 어떤 것도 헛된 것이 없었다. 그렇게 생각합니다.

Hi. stranger

나에게 너의 모습이 있고
그에게 그녀에게 그들에게도 내 모습이 있다.

누구나 인간이라면 한번쯤,
비슷한 마음을 겪고
비슷한 경험을 하며
비슷한 성장을 한다.

지금 내 마음의 구멍이
더 신나고 싶고 더 즐겁고 싶고 더 설레고 싶게 한다.
세상에 대한 나의 외침은, 나의 요구는 끝이 없다.
그러다 보면 심장이 많이 두근거리고, 호흡이 가쁘고, 눈앞이 하얗다.

코 앞에 공기가 부족한 것 같고, 내 앞에 놓인 시간이 너무 느린 것 같다.
주어도 주어도 부족하고, 받아도 받아도 채워지지 않고,
뱉어도 뱉어도 그 메아리가 못마땅하고,
숨을 가쁘게 몰아쉬며 신선한 공기를 갈구했다.

끓어도 끓어도 차갑고, 비워도 비워도 넘치며, 채워도 채워도 샌다고
그건 다 너 때문이라 화를 냈던 것도 같다.

얼마 남지 않았다.

그때엔 마음껏 꿈을 펼치고 비상할 수 있을 테다.

그 전에 흘러가는 현재를 마주하며

더 많이 내가 속한 현재를 사랑하고 즐기고 또 느끼며

모든 것이 생생하도록

더 많이 되짚고 더 많이 추억해 놓아야만 한다.

나의 미래는 더 당찰 것이며, 유유히 아름다우며, 다이나믹할 것이지만,

그것을 쫓느라

많은 것을 보여주고 많은 것을 가르쳐주는 고마운 현재의 선물을, 그 설렘을

공백이었다고 지나쳐버리지 않도록

후회 없을 현명함으로 현재를 대처해야겠다.

그렇다.

어쩌면 지금도 나는 최고를 누리고 최고로 설레고 있는 것이다.

눈감지 말자. 외면하지 말자.

성급히 마음을 닫고 입지 않은 상처에 약을 바르는 실수를 다시는 하지 말자.

나의 행운을 겸손히 감사하자.

세상의 한 흐름에 서 티끌 같은 나의 존재를 받아들이며
별 것 없을 인생에 별 것 있을 것 같은 해프닝을 좇아,
스물다섯을 지나치는 일시적이고 섣부른 가치관을 좇아,
마음이 가는 대로 세상을 익혀간다.
내일은 변할지도, 모레는 또 다를지도 모르겠지만,
서른 몇의, 마흔의 각각 다른 얼굴을 하고,
그때그때의 판단을, 옳음을, 가치를 좇아,
나는 부딪힐 것이고, 변할 것이고
시행착오를 거칠 것이기에
성장할 것이다.
지금의 가치관이 절대적이지는 않기에

나중에 전부를 돌이킬 때,

이십 초반도 그렇게 후회스러운 일만은 아니었다는 것을,

알게 될 날이 있을 것이라고 생각한다.

누군가

과거에 대한 후회가 밀려오는 순간위에 놓여있다면,

당장은 아니더라도

과거를 관대히 받아들일 수 있게 될, '언젠가'의 여지는

남겨두길 바란다.

오늘도, 호기심이 나를 살린다.

딱지와 과한 알코올컬렉션을 벌여놓고는
결국엔 쌉쌀한 와인만 좋다고 홀짝였지 아마.
화려한 술과 단출한 안주의 아이러니가
그리고 단맛 덜한 와인의 쌉쌀함이
역시, 너와 나를 닮았어.

밀라노에서 맨해튼으로 돌아왔다.
이젠 맨해튼도 제법 집처럼 느껴지기 시작했다.

공해와 소음, 이상한 날씨를 극복할 수 있는 아름다운 센트럴 파크가 있고
현재 진행형인 예술과 패션 그리고 이방인들이 많아 어느 곳보다 친절한 곳.

다만 늦은 오전,
스타벅스 커피를 한바가지 사들고 걸음을 재촉하며
'제발 잠이여 달아나라' 주문을 욀 때면
밀라노의 에스프레소와 breakfast가 가끔은 생각난다.

조금만 숨을 크게 쉬면
꿈처럼 살 수 있는 행복한 인생.
정체모를 허전함과 나의 무기력함을 덮을 또 하나의 사건을 숨죽이며 기다리는,
극심한 기복의 리듬을 반복하며 계속되는 나의 청춘.
절실히 파티와 해프닝이 필요하다.

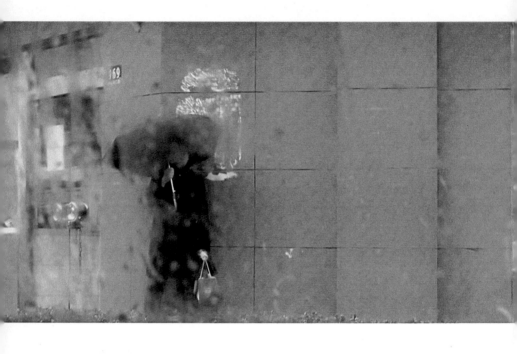

사방을 커다란 창문이 둘러싼 맨해튼 17층에서의 한 달 반.

그동안 한 번도 굵은 비가 내리지 않았다.

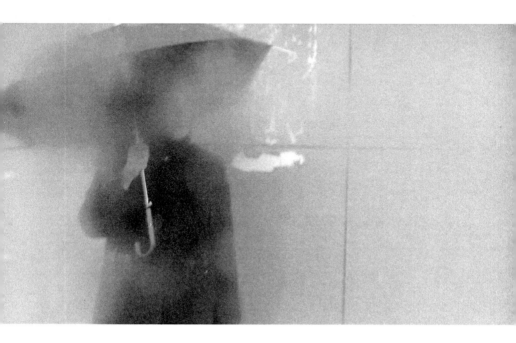

6월

June

시간은 스스럼없이 흘러

아쉬운 부스럼을 남긴다.

어떤 이들과의 가을도 겨울도 뒤로 한 채

심지어 봄 또한 가로질러

벌써 여름.

친구와 함께 나쁜 짓을 하고
친구와 함께 좋은 짓을 하고
친구와 함께 이야기하고 먹고 마시며
친구와 함께 세상을 풀어갑니다.
나쁜 일이 생기면 함께 복수하고
좋은 일이 생기면 4층 케이크 축하를 하고
마음이 상하면 술을 먹이고
마음이 좋으면 사고를 칩니다.
시험을 치면 C가 뜨고
술을 마시면 결석을 하고
놀기로 하면 밤을 새고
마시면 넘어지고 토해도
웃는. 웃는. 또 웃는.
아침이면 기억 빼고 숙취와 멍 자국만을 남겨놓는
센스로운 사람들.
그래도 건강을 챙겨 통마늘을 권하고
시험 날 행여 결석할까 번갈아가며 전화를 하고
이상한 정보를 공유하며
터무니없는 주말여행계획을 잡는
우리는 멋진 친구들입니다.
이 죽일 놈의 의리가 사람 잡아도
다크서클이 발목을 잡아도,
우리는 오늘도 달립니다.
젊습니다.

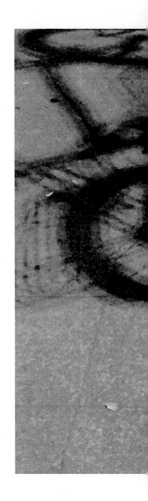

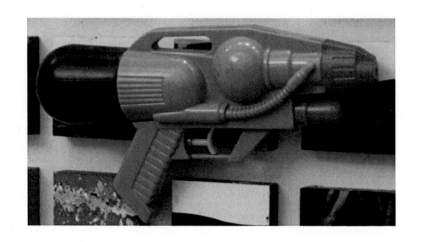

매미소리가 짜랑짜랑해 깨버렸다.

새벽, 여섯시, 왠지 너무너무 억울한 생각이 들었다.
'늦잠 자고 싶었는데….'
매미는 너무 수다스럽다.
오랫동안 잠자다 깨서 지들은 할 말이 많겠지만,
늦잠도 못잔 이 마당에 오늘은 매미 따위 내 알 바 아니다 싶다.
이렇게 잘못 없는 대상에게 잘못을 뒤집어 씌우며 쓰며
또 한 번의 여름을 보낸다.

현실과 꿈이 충돌하여 마음이 아픈 이십 후반,
물총 하나 어깨 메고 세상을 마주하는, 아픈 이들 투성이다.
그들을 보고 있노라니 마음이 쓰리고

설익은 나의 붓질을 돌이키고 있자니 침울해진다.

손에 쥐고 있는 것들의 존재는 자꾸 잊어먹고

언제나 갖지 못한 것에만 손을 뻗게 된다.

사람이란, 언제나 남의 행복을 부러워하게 되는 법.

6층 위에서 내려다보는 아침 새벽.

아직은 차가 밀리지 않을 시간,

자판을 두드리며

물 흐르듯 차가 흐르는 바깥의 전경을 보고 있자니

왠지 새초롬한 생각이 든다.

나는 보도블럭 위를 맨다리로 걷는데도

시도 때도 없이 빨간 불이 걸리는데

쟤네는 뭐가 저렇게 잘나가나, 심통도 난다.

하필이면 세상은 여름이어서, 해는 너무 빨리 뜨고

매일 아침 준비되지 않은 나를 깨운다.

아직은, 햇볕을 곱게 마주할 선글라스도 없고

사실은, 배짱도 없는데

아무리 귀마개 꽂고, 안대를 하고 블라인드를 깜깜하게 내리고 자도

소리는 새고 빛도 새어

너무 이른 아침 자꾸 매미가 깨운다.

내 인생, 꽤 괜찮은데.

해가 너무 빨리 떠 나를 재촉하여

더 빨리 달려야 될 것 같고,

더 빨리 숨 쉬고 차를 추월해야 할 것 같다.

고개를 빳빳이 쳐들고 서른을 맞기 위해,

그래도 금이야 옥이야 설거지 한번 안하고 자라난

우리 시대의 딸들이,

무엇이든 될 거라고 밀어줬던 집안의 지원과 믿음을 받고 자라나

이제는 그것마저 끊기고 고고하였던 자존심마저 휘청할 즈음

가진 게 두 팔다리밖에 없는데

드라마의 가진 것 없는 여주인공처럼,

죽여주는 꿈을 이루기 위해 오뚝이처럼

백 번 넘어져도 일어나 씩씩하게 헤쳐나가 줄 용기는 없고,

힘들더라도 추억이 될 만하게 이렇다 할

기구하고 특별한 에피소드를 지닌 것 아닌 인생이 심심하다는 생각만

골백번 골머리를 때린다.

감사하자, 꽤 괜찮은 인생이다. 되뇌인다.

그래도,

더 재미있게 살고 싶었고

더 뜨겁게 살고 싶었고

더 뻔뻔하게 살고 싶었다.

영화 몇 편을 찍고도 남았을, 애초의 시나리오와는 참 다르다.

스물 후반의 우리 청춘들은,

바로 어제까지 찬란한 시나리오를 쓰고 계획하며 와,

가차 없이 꺾여버린 이십대와 뚝 하고 고개가 꺾인 이 꿈의 괴리를,

어떻게 받아들여야 하는가.

과연, 물총이 아닌 진짜 총으로도 모자라다는 것을,

왜 진작에 아무도 알려주지 않았나.

그래도 나는 오늘도 꿈을 꾼다.

그리고 물총 하나를 손에 들고 세상에 물길질을 날린다.

젠장, 다 비켜,

다 주겠어!

타인이 나를 대하는 태도

내가 내 삶을 소중히 하지 않으면,
남도 내 삶을 우습게 안다.

내가 내 시간을 헤프게 굴리면,
남도 내 시간을 당연하게 빌려간다.

내가 아무렇지 않아하는 내 것들을
남들 또한 아무렇지 않아 한다.
타인이 나를 대하는 태도는
내가 나를 대하는 태도에서 오는구나.

내 엄마가

한때에는 누구와도 바꾸기 아까울 귀한 딸이었던 것처럼.
그런 예쁨을 받고, 그런 울타리 안의 사람이었던 것처럼.

그렇게 세월은 흐르고,
나도 그런 엄마의 나이가 되면
그렇게 가끔 허공을 보고 좋았던 때를 추억하게 될까.

가끔 겁이 난다.
그렇게 문득 멈춰 돌아섰을 때
너무 빨랐던 세월을 그제야 알게 될까 봐. 기억할 일이 없을까 봐.
자꾸만 시간을 붙들기 위해 기억을 하려, 현재를 추억할 빌미를 만든다.

지금은 그저 평범하고 별다를 것 없는 내가
미래의 기억 속에서는 예뻤고 특별한 사람이 되어 있지 않을까.

지금의 일들이 언젠가의 시점에서는 더 아름다워질 수 있는 기회가 있기에
나는,
사진을 남기고, 글을 남기고, 붓질을 남긴다.
그렇게 지금의 평범함이 특별해질 수 있는 여지를 남긴다.

한 시간 넘게 걸려 집까지 걸어와서는
배가 고프다 징징거리며 맥주와 치킨을 배달시켜 먹고,
주절주절 헛소리나 하다가 쿨쿨 잤다.

자루든 딱지든, 멍, 겅, 차차든
다들 쉽게 발이 닿는 곳에 있고, 쉽게 서로의 시간을 빌릴 수도 있는,
이런 날이 얼마 남지 않았다는 것을 안다.

불러내기도,
시간을 내기도,
맥주를 한 잔 하기도,
수다를 떨기도,
지금보다 더 어려워질 거란 것을 안다.

나이란, 책임이란, 그런 것이다

이젠

적금을 부어야 할 나이가 되었고
『나의 라임오렌지나무』를 읽은 지 오랜 '성년'이 되었고,
화장을 하고 힐을 신고, 서서히 마음도 비어가.

"인간은 결국 혼자만의 삶을 살아가고 있을 뿐"이라는 소설 속의 말을 공감하
는 나이가 되고
내 친구 고호가 예고한 '어른이 되지 않으면 안 될 삶의 위기'는 지나버렸어.
가끔 마음이 흩어져 그 조각들이 자리를 찾지 못할 때 그녀가 생각나.

그때가 훨씬 더 지나버린 우린, 그때와는 분명 다른 사람.

밥,
밥,
밥.

밥을 안 먹으면 화가 난다.
메뉴를 볼 땐 마음이 혼란스럽고
물컵만 덩그라니 있을 땐, 애간장이 녹는다.
요리가 나오면 미소가 돌고
후식을 먹을 땐 여유가 생겨
배부르게 계산할 땐, 관대함이 생긴다.

언제나 반항은 방황으로 이어지고
방황의 끝은 운명으로 잇닿아
그 운명은 나의 손을 이끌고
나의 손은 마다 없이 운명을 맞잡고 따르러,
나의 눈은 그리고 나의 귀는,
보기로 되어있었던, 듣기로 되어있었던 것을 듣게 됨이므로,
이에 몸을 싣고 실로 꿈을 꾸고 있는 듯
눈을 반만 뜨고 살다 보면
아, 이것이 꿈인지, 이것이 삶인지 헷갈린다.

마음을 쏟아 현재를 사랑하려 하니
현재는 나의 마음을 때때로 시험하려 들고, 의외의 퍼포먼스를 선사하기도 한다.

지금은, 사실은, 내일보다도 오늘보다도 어제를 살고 있는 것 같다.

시간은 너무 빨라
내가 현재를 따라잡기에 많은 무리가 따르고
그 버거움이 나를 좇아 초조함이 가시질 않는 요즘.

그냥, 잠시 즐겁게 밥을 먹는다.

힘을 내세요.

7월

July

Q 지금 나는 최선을 쏟을 수 있는 길을 향해
진정 최선을 다해 에너지를 뿜고 있는가.

긴 휴가를 맞을 준비가 되셨나요.

또 다시 아주 길고 뜨거운 휴가가 시작되려 하네요.

마냥 즐겁지만은 않아요.

'책임'을 배워가는 중이니까요.

마냥 모든 것이 주어지지는 않네요.

부족한 듯. 불평도 하고 만족도 하며 살고 있어요.

다만, 나는 작업을 벌릴 만한 조금 더 큰 집을 가질 방법을 모색 중이지요.

선택과 포기의 연속이네요.

자주 후회를 하지는 않나요.

후회하는 당신이 밉지는 않나요.

그래도 긍정의 꿈을 꾸어요.

꿈이 없는 사람은 매력이 없답니다.

너무 조급하다 넘어지지 말고. 우리 같이 아주 느리고 긴 꿈을 꾸어요.

금방 가을이 오고.

또 겨울이 오겠지요.

쿨하게 안녕을 고하는 이번 년의 망년회가 떠오른다면,

후회가 없도록 이번 여름, 한 발짝씩만 더 무리하기로 해요.

그리고 너무 달렸다 싶어 목이 탈 때 즈음 만나 조용한 곳에서 맥주 한 잔

하기로 해요.

또 다시 여름이 오고
또 다시 휴가가 오고
또 다른 계획이 온다.

언제나 마음은, 긴 걸음을 하고
언제나 시간은, 짧은 걸음을 하여
생각해보면
순식간에 지나버린 것 같고
되짚어보면 참 많은 시행착오를 거치며 돌아온 것도 같다.

여름이
참, 금방 돌아왔구나.
여름을 맞기까지 참 오래도 걸렸구나.

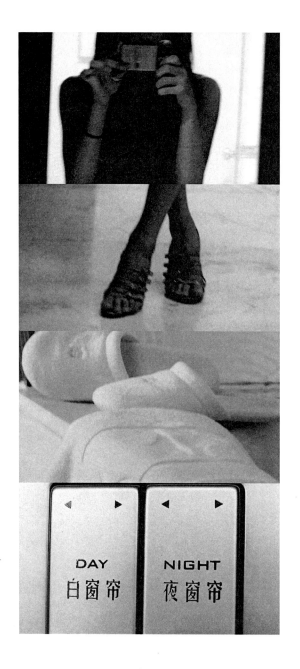

마음을 열어
의심을 지우고,
마음을 굳혀
신뢰를 다지고,

햇볕을 쬐고
밝은 사람이 되자.

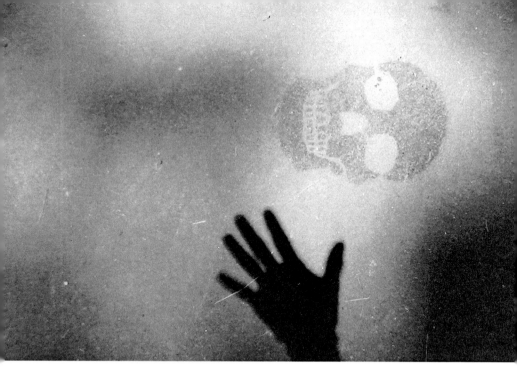

나를 설레게 하는 것은 항상,

시각으로부터, 청각으로부터, 뇌로 흘러 들어와

내가 움직여야 할 이유를 주고

내가 이루고 싶은 꿈을 선사하며

복잡함을 잊게 하고, 심장을 뛰게 하고

내 자신을 자유롭게 하며

마음을 채워,

외로움 따위나 슬픔 따위를 잊게 하여

온전한 내 자신으로 자아를 마주하게 한다.

일요일 아침의 브런치.

여름이 한참인데

결정적인 순간에는 팥빙수를 먹지 않게 된다.

너무 좋아하는 마음이란,

너무 기다렸던 마음이란,

머뭇거려져 선뜻 마주하기 조심스러워지는 법

우연한 봄비와 함께 시작되어
여름장마와 함께 고조되어
가을 태풍과 함께 휘몰아친다.

예상치 못하게 길어진 비들은
겨울눈과 함께 하얘지고
다시 봄의 아지랑이와 함께 아찔해져

객기 어렸던 용감한 청춘은
변덕스러운 계절의 기복에 쫄게 될 것이며
그 이후의 어떤 무더위와 함께 식어버릴지도 모른다.

8월

August

이렇게 또 여름이 간다.

비만내린 여름이 싱겁지는 않았니?
내 커피만 너무 미지근한 것 같아 시무룩하진 않았니?

어떤 이는 뉴욕엘 가고, 어떤 이는 프랑스엘가.
어떤 이는 꿈을 꾸고, 어떤 이는 꿈을 버려.

커피같이.
어떤 날은 싱겁고, 어떤 날은 뜨겁지.
어떤 날은 달지만, 어떤 날은 쓰기도해.

라떼를 먹을 것인지, 아메리카노를 먹을 것인지.
뭘 선택하고, 뭘 버려야 덜 억울할지 잔머리를 굴리는 중이야.

왜 사는지 모르겠을 때가 있어.
지나친 냉정 때문인지, 지나친 간섭 때문인지,
사는 게 지겨울 때가 있어.
로보트 태권브이와 같은 사명감이 나에게도 있는 건지
의심스러울 때도 있어.

당신은 어떨 때 살아있음을 확인하니?
살아있음을 증명할 선택을 하려 해.
하나를 얻기 위해 하나를 버릴 수 있는 용기가 생길 것도 같거든.

몸은 편하지만, 마음은 불편한 휴가야.

꿈을 꾸렴. 밤이잖아.

빗소리가 예쁘다.

새벽냄새가 예쁘다.

노란 하늘색과 옅은 쪽빛 하늘색의 섞임이 예쁘다.

초저녁

옥상 벽에 팔을 걸치고, 그보다 멋지게 걸쳐진 달을 보며 한숨을 짓는 친구의
뒷모습이나

혹은 컴컴한 놀이터 벤치에 앉아 음악 없이 맥주를 따는

인생의 어설픈 씁쓰름함과 당돌한 설렘을 아는,

우리의 청춘이 제일 예쁘다.

녀석,

별 미친 소리를 해도 미쳤다고 안하고
별 미친 짓을 해도 웃고 넘겨주지만,
길들여져 안주하려는 내 모습엔 부쩍 서운해 하거나 화를 낸다.

하지만, 나
숟가락 뒤에 숨어 아직 죽지 않고 화려한 개봉을 기다리고 있다.
시계바늘이 제자리를 향해 가고 있다.
나도 제자리를 찾아간다.
아주 길어진, 외출이었다.

청춘만의 특권, 비오는 빨간 날.

언제부턴가

비오는 날은 아무것도 안 해도 되는 빨간 날이 되었다.

다들 그런 줄 알았는데 비오는 날도 세상은 돌아간단다.

스물다섯,

철없는 영혼은 아직도 비가 오는 날은 열 일 제치고 쉰다.

빗소리를 듣고,

비 냄새를 맞고,

미친 년 같이 혼자 미소를 씹으며,

달콤한 낮잠에 빠진다.

비가 내리는 날은,

정말로 음악도 친구도 그립지가 않다.

다들, 생일 축하해요!

엉거주춤 마음을 얼싸 안고
더위도, 장마도, 매미소리조차 질퍽거리는 여름이다.

여름의 무기력함과 맞서기 위한 한 청춘이
술을 진탕 마시고 눈을 떴을 때엔
천장도 벽도 얼굴도 다 노래져 있었다.

머릿속은 하얗고. 바깥에선 포크레인 소리가 들린다.
생각도, 청소도, 밥도 먹기 싫은 오후.
잔뜩 구름이라도 끼면 좋을 텐데
오늘의 해님은 어제와 다르게 너무 팔팔하다.

한 발자국도 못나간다.

청춘의 간은 오늘도 분주하다.

가면이 필요한 날은 없나요?

선영씨가 돌아왔다.

밤기운과. 술기운이 제대로다.

나는 어느 정도 인생을 방관할 수 있게 되었고,
자잘한 인연을 미련 없이 떠나보낼 수도 있게 되었다.
처음 마주한 사람과 가벼운 이야기로 받아칠 줄 아는 삶의 능숙함도 생겼고,
아주 오래갈 인연을 소중히 할 줄도 알게 되었다.

나의 모든 마음 씀씀이는 연기만큼이나 한결 가벼워졌으며
그렇다 하여 그렇게 가벼워지지도 않아, 적당함의 평정심을 유지하게 되었다.

선영씨가 다시 나의 집을 찾았으며
나는 또한 그녀를 붙잡았고, 그녀 또한 나를 뿌리치지 않았다.

오늘 나는,

와인 몇 잔에 혼자 취해 혼자 들떠도 허전함이 없었으며

십 얼마짜리 밥 한 그릇에 훌렁 넘어가지 않을 만큼의 줏대도 챙겼으며.

마음대로 생일을 정할 만큼의 뻔뻔함 또한 생겼다.

지금의 모든 행복이 지속되길,

베개를 끌어안고 잠을 청하며 노랑 달에게 소박한 소원을 빌 뿐이다.

오늘. 집에 침대가 두 대 놓였다.

일상을 공유하는 중.

눈을 뜨면.
마주하지 않아도, 나의 중얼거림을 들어줄 사람이 있고
받아쳐 주지 않아도, 창밖을 향한 내 혼자의 흥얼거림을 들어줄 사람도 있다.

누군가를 만나고 돌아오는 길,
만남의 반가움보다 헤어지는 '안녕'의 허전함이 더하던 무렵,
집에 함께 요구르트를 함께 마실 친구가 있다는 것에 새삼 안도의 한숨을
내쉰다.

둘 중 하나는 창 밖에 기대 있고, 나머지 하나는 컴퓨터 앞에 앉아
작년의 여름과 다를 바 없이 여전히 한 공간을 공유하고, 두 가지 일상을
만든다.

서로 많은 대화를 나누지는 않는다.

13 volume의 TV 소리와
띠각띠각 마우스 소리, 더더더더 키보드 두드림 소리.
귀 기울이지 않으면 듣기 힘든 미세한 밤바람의 움직임.
이러다 누구 하나가 충동적이고 엉뚱한 제안을 할 때면
우리는 일꾼 레고와 같은 행동력을 자랑한다.

한 번씩 우리는 얼굴을 마주하고 자지러진다.

이 좁은 공간에 까다로운 도시의 두 여자가
이렇게 까다롭지 않게 생활을 공유하는지 알다가도 모를 일이다.

우리는,
언젠간 애틋한 낭만이 될, 추억과 일상을 수집하는 중이다.

스물셋 서주랑 스물다섯 선영씨가
세상을 향해 한 발 한 발 걸음마를 내딛어.

시작해.
행운을 빌어. 청춘아

2년 후 선영씨가 남긴 글

한국으로 돌아왔다.
5월에 미국으로 옷을 파는 한 회사에 디자이너 같지 않은 디자이너 명함으로
취업을 했고,
1년 8개월의 시간이 흘렀다.

억울할 것도 없는데, 어디서 생겼을지 모를 보상심리로 열심히 놀아야겠다 생
각했고,
낮에는 일하느라 밤에는 술을 마시느라
시간이 흘렀다.

내 길이 아닐 것 같은 회사를 위해 일 하는 억울한 나를 위해
먹을 것과 입는 것, 놀이 따위에 아낌없이 투자했고,

남들 다 하는 펀드나 주식 따위에 할애하지 않았기에
다행이도 적자 인생은 아니다 생각했다.

저축을 해야 할 이유도, 필요도 없었다.
결혼을 원하지도 않았고, 명품가방을 원하지도, 부티 나는 인생을 살고 싶지
도 않았다.

그저, 이 길은 내 길이 아니라 잠시 쉬어간다 여겼다.
잠시 동안 즐기자고 생각했다.

그동안 나는 무얼 한 걸까.

일 년이 넘는 시간을 돌아 아무리 생각하고 생각해 보아도,
주머니엔 땡전 한 푼 없고,
SNS에 남길 그럴 듯한 내 사진 하나 없고,
힘겨웠던 그날을 떠올릴 글 한 줄 여유조차 없고,
보고 싶던 친구와 커피의 수다조차 마음껏 못했다.

뉴욕을 걸었던 그때처럼
다시 떠나야 할 이유가 무엇이었는지 기억해 내지 못하는 지금, 나는 왜 살아
야 하는 것인가.

어떤 이는 말뿐이고
어떤 이는 행동뿐이고
어떤 이는 마음뿐이다.

예전 같으면
마음이 최고다, 마음뿐인 게 그나마 낫지 않겠냐, 라고 했겠지만
뭐가 더 낫다 말할 수 없다고 마음을 바꿔 버린 건,

말뿐이거나 행동뿐이거나 마음뿐인 사람이 다 똑같아서가 아니라
말에 담긴 행동과 마음, 행동에 내포된 말과 마음
마음이 베인 말과 행동을 다 알 수 없을지도 모르겠다는 생각이 들었기 때문이다.

마음이 건강해
아무것도 두렵지 않을 때에는
아무것도 아깝지 않았고 아무것에도 연연하지 않았다.
정신이 약해질수록 마음의 눈은 흐려진다.

마음의 눈이 흐려지면,
다들 뻔히 보는 것을 나만 볼 수 없게 되고
그것을 말로 행동으로 옮겨 주어도 의심하게 된다.
마음과 말과 행동이 다 같이 하여도
말뿐이라 행동뿐이라 마음뿐이라 조각들로 만들어 버리곤
진실도 거짓으로, 약간의 거짓은 절망으로 밀어버리게 된다.

그들과 내가 나눈 것은 진정 소통이었을까, 라고 대상없는 원망을 토로했지만,

긴 시간째 제대로 된 소통을 하지 못하고 있는 것은,

겨울에 얼었다가

봄의 땡볕에 말라 버리고

여름 더위에 짓물러 버렸다가

길고 시원한 장마만을 기다렸던,

고독함에 이기적인 떼를 쓰는 내 마음 때문이었으리라.

결국 그럴 듯한 장마는 오질 않았지만.

가벼운 말을 뱉고 가볍게 웃는다.

긍정을 말하고 긍정으로 웃으면,

진정으로 긍정된 현실과 긍정된 자아가 마주하여

조만간, 나는 누구와도 건강한 마음으로 선한 소통을 하게 될 것이다.

여름이 간다. 소리 없이.

덥다고 욕을 너무 많이 들어 '여름'은 맨날 몰래 울었을지도 모른다.

여름아 미안해.

사람에게는.

그 사람 같은 냄새와 그 사람같은 색깔과

그 사람 같은 소리가 나.

그래서 나는.

사람의 냄새와, 색깔과, 소리를 듣고 그 사람을 짐작하곤 하지.

사람은 숨길 수가 없어.

우러나지 않는 것은 가짜임이 들통 나지.

오래오래 쌓이고 밴 내가 살아온 냄새를 어떠한 포장이나 겉치레 따위로 숨

길수가 없는 거야.

겉이 바뀐다고 속이 바뀌는 건 아니거든.

초콜릿이든 과자든, 포장을 뜯지 않는 건 없어. 사람은 포장을 뜯어보길 원해.

사람도 마찬가지야. 아무리 포장하고 가려도 사람들은 그걸 뜯어보려 해.

많은 시간이 걸리지 않지.

그래서 너의 서른 마흔, 쉰이 고상하고 우아하길 원한다면 지금부터 노력하지

않으면 안되는 거야.

진정한 아우라는 누더기를 걸쳐도 알아보기 마련이니까.

말은 중요하진 않지만
마음을 나누는 가장 커다란 수단임에 틀림없다.

침묵은 금일 수도 있지만
오해와 오해와 오해와 오해를 낳을 수도 있다.

마음은 통할 수도 있지만
연결해주는 다리가 없으면, 한계가 있다.

그에 우리는 언어라는,
결코 가볍다 할 수 없는 '다리'를 이용하는 것이다.

Shakin'
ELVIS
SIGNATURE PRODUCT
AN OFFICIAL ELVIS PRESLEY PRODUCT
Elvis Presley
Put me in your car and watch me shake, rattle and roll!
Car Dashboard Dancer
TOWN

9월

September

적당한 애정.

애정을, 제대로 받는 법도 어렵지만
애정을, 제대로 주는 것도 참 어렵다.
얼어 죽어버린 두 화분을 보고 씁쓸함을 삼킨 겨울 일도 잊은 채
봄의 살랑바람에 정신이 나가
다시 생명체 하나를 키우겠다고, 잘 돌보겠다고, 양귀비 하나를 덥성 샀다.

물도 햇빛도 마음도
나는 정말, 충분한 애정을 쏟았다고 생각했지만 과한 애정이었을까, 이기적인
애정이었을까.
화분은 3일 만에 노랗고 가늘게 되었다.
죽은 척 그저 투정을 부리는 거라고 곧 다시 꽃이 필 거라고,
말라버린 화분에 물을 주고 적당한 시간에 햇볕을 쪼이고.
그렇게 열흘 후, 화분이 죽어버렸다는 것을 받아들여야 했다.

무언가를 좋아한다는 것,
무언가를 돌본다는 것,
온 마음을 다한다는 것,
나는 아직도 그 모호한 말을 잘 모르겠다.

이보다는 더 잘할 수 없다고 생각했지만, 식물은 죽었다.
돌아보면 그것은 진정 누구를 위한 애정이었을까.
어쩌면 내가 가졌던 애정은, 나 자신을 위한 구애였는지 모르겠다.

받고 싶었으니까 주었을 테고, 주었으니까 기대하였을 것이다.
기대가 커서 무엇이었어도 기대 이하였을 것이고
그래서 모든 것이 실망스러웠을 테다.
나의 애정은, 시작부터 건강하지 않았다.

어쩌면 나는
내 애정에 상응하는 충분한 애정을 돌려받았지만 그저 내 기대에 미치지
못해 놓쳐버렸거나
아니면 오는 마음 그대로를 볼 수 있는 만큼의, 받을 수 있을 만큼의, 성숙함
이 없어 놓쳐 버렸는지도 모른다.

식물은 햇볕이 뜨거웠다, 라고 혹은
물이 많아 축축했다, 라고 나에게 끊임없는 신호를 보냈을 것이지만,
서툴고 이기적이었던 나는 '좋아한다'라는 내 마음만을 들여다보는 데 바빠
식물의 마음 따위 돌아볼 겨를이 없었다.

그리고 한달 후,
양귀비의 무덤에 장미 한 송이를 꽂아주었다.
괜시리 화분을 판 여자를 탓하던 나에게
넘치는 의욕보다는 요령이 필요하다고. 어울리지 않는 짓은 그만하라고,
흔적없는 양귀비가 말한다.

내 거친 항의에 아무도 아랑곳하지 않고 나머지 것들은 담담히 제자리를
잡아간다.

알고 싶지 않은 것들,

지금도
죽은 양귀비의 무덤엔 시든 장미 한 송이가 꽂혀있다.

살면서 알지 않았으면 좋았을 것들,
알아버려서 몰랐던 상태로 되돌릴 수 없는 것들.
애정을 주고, 없어지고, 슬퍼지고, 상처를 받게 되는 마음이
원래 내가 알았던 마음이 아니었고 알지 않아도 좋았을 수 있었겠지만,
돌고 있는 지구에 주거하는 인간으로 이를 피해가는 것은 쉽지가 않을 것이다.

많은 것이 스쳐 지났다.
유치원 때 전부일 것 같은 키티 샤프도 지금 찾아내니 보물도 아니었다.
고등학교 때 영원할 것 같은 것들이 영원하지 않았고
대학 때 목숨 걸고 싶었던 것도 지금 돌이켜보면 때 아닌 객기가 아니었나 싶다.
소중했던 것이 아련해져버리는 것.
방향을 바꾸어 서서히 몸을 틀어가는 사람을 보는 것도 씁쓸하기는
매한가지가 아닌가 싶다.

그래도 같은 규율에 매여 있을 때엔
누구는 비빔밥을 먹고, 누구는 돈가스를 먹고
다 다른 메뉴를 씹으면서도 동일한 화제 하나는 찾을 수 있었고
누구는 하이힐을 신고, 누구는 운동화를 신어도 같은 곳에 닿을 수가 있었다.
누구는 꿈이 화가이고, 누구는 꿈이 유치원 선생님이어도 상관이 없었지만,

누구는 남편이 사자돌림이어서, 누구는 자식이 가출 청소년
이어서,
밥 한 끼 먹기가 명절 제사지내기보다 부담스러워질 것이고
누구는 빚이 있어서, 누구는 돈이 넘쳐서
얼굴 마주하기 부끄러워질 날이 있을 것이다.

나도 예외는 아닐 테고 그들도 그럴 테다.
어쩌면 별 것 아닌 것도 별 것일 것이고,
어쩌면 별 것일 것이 별 것 아니게 되어있어
내가 변한 것도, 그들이 변한 것도 아닌데,
그냥, 열심히 길을 따라 좇았을 뿐인데

나는 이 섬에 살고 그들은 각각의 섬에서
다른 과일을 따먹고, 다른 원주민을 만나 다른 룰을 따르게
되고,
다른 역할을 하며 살아가게 된다.

그런 채로 살아가다 보면, 모든 것은 과거가 되어 있겠다.

이런 ...

나의 마음이 지...

오늘밤 나의가 ...

계절을 거듭하며
언젠가는 묻힐 흉터들처럼,
언젠가는 흐려질 상처들처럼,
시간을 거듭하며 쌓여갈 굳은 살처럼.

삶의 아문 흔적이 피부층 위에
시간의 흐름을 사이에 두고 또 하나의
시간의 흐름을 사이에 두고 또 하나의
시간의 흐름을 사이에 두고 또 하나의 그것들이 흐릿하게 겹쳐져
여러 장의 레이어처럼 압축되어 얼룩해질 살결처럼
아직은 얕은 내 그림도 세월의 지층만큼 두터워질 날을 기다린다.

더 많이 깊어지지 않으면,
더 오래 머물러 있게 할 수가 없다.

내가 그려내는 마음이
마지못할 발걸음에 지루하게 스쳐 지나쳐가는 하나의 풍경에
지나쳐지지 않도록.

어릴 적 읽었던,
『빙점』이라는 책의 표지에 쓰여 있던, 뜻 모르고 좋아했던 문구를 기억한다.

인간은 누구나를 막론하고 혼자만의 삶을 살고 있을 뿐이다, 였던가.

살면 살수록,
나와 같아질 수 있을 것 같은 사람도 나와 영 같아지지는 못하고
영원히 같이 살 수 있을 것 같은 사람도, 어쨌든 둘은 둘이다.

어릴 때엔 그것이 정말 슬프다고 생각했었는데, 지금 그것이 슬프다기보다는
그저 한 인간의 어쩔 수 없는 고독함이 어쩌면 아름답다고까지 느껴지는 것은
청춘의 열기에 제풀에 지친 오버스러운 내 청승 때문일지도 모른다.

나는 지금 창틀에 팔꿈치로 기대어 온몸으로 바람을 느낀다.
내가 느끼는 바람이 그리고 자유가, 당신에게도 느껴지는가.
나는 그 여느 때보다 자유롭다.

사는 게 심심풀이 땅콩 같아지지 않게
아끼지 말고 남김없이 살아야지.

때때로 숨을 곳이 필요한 건,

동물에게나 사람에게나 마찬가지인가 보다.

내 인생 스물다섯에,
어떤 이에게 커다란 상처를 남기고, 나 또한 흠집을 입는다.

나는 겨우 스물다섯이어서
쫄지 않고 살고자 하였던, 청춘은 지나치게 용감했다.

10월

October

많은 지배하는 것들에게 지배당하고.
내가 소유하고 있는 많은 것들에서 도리어 자유롭지 못하다.

내가 누리고 있는 많은 것들은 도리어 나를 지배한다.

세상이, 미술관.

공기와 함께 움직이는 수많은 생명체가 매초 다르게 진열된다.

나는 영화 같은 삶을 살지는 못하지만,
매초, 영화를 보듯 세상을 느낄 수가 있다.
내 삶은 예술이 아니지만,
내 마음은 예술이 아니지만,
앞에 펼쳐지는 세상은 예술이다.

과일 가게에 놓인 연시에도 마음이 있고
페인트가 다 까진 육교에도 마음이 있고
까만 비닐봉지에도 마음이 있다.

예술로 펼쳐지는 세상과
예술이 아닌 채 존재하는 나 사이에서 적당함을 찾는 일이란, 어렵다.

또 하나가 막이 내린다.
언제나 그랬듯,
끝은 허무하고 시작은 두렵다.

사막에는 오아시스가 정말 있다.
어떻게 하늘은 또 저렇게 파란 거지?

사막을 가는 도중 초콜릿을 달라 조르던
꼬마 녀석들.

현상하고 보니
가장 맘에 드는 사진이 되어있었다.

익살맞은 표정을 지어준 그들에게
살짝 고마움을 표한다.

나의 인도는 다음을 기약한다.

인도 사람들은

일하러 갈 때
할 일 없는 친구들을 데려간단다.

나이도 서른은 넘어 뵈는 이들이
쬐끄만 릭샤에 같이 타고 다니는 모습이 정말 귀엽다.

이들보다 편한 곳에 사는 우리는
편하고 넉넉해서 더 큰 걸 잊고 사는 것은 아닐까, 하는 생각.

달리는 버스에 뛰어가서 올라타야 한다.

차문도 없다.

지하철 또한 문이 없다.

아니 문이 없다기보다, 늘 열려있다.

그래도 떨어지는 사람도, 차에 치는 사람도 없다.

보이지 않는 규칙이 누구의 마음속에나 있듯

질서정연해보이지 않아도

그들의 삶 속에도 우리만 모르는 규칙이 있다.

그 규칙을 나도 아는 듯 묻어가는 것이 여행의 묘미.

모든 것은 시간이 해결해 주기 마련이다.

상처는 스치는 바람처럼
기억은 아지랑이처럼 흩어져

추억이 되고, 그리움이 되고,
다시 아련함이 되어
쓸쓸함을 지워가게 된다.

모든 것은 무뎌지기 마련이다.

−암베르에서

사막에서의 밤

모닥불에 고구마를 구워 먹고
사막에서 밤을 보내며 바라본 하늘은 미친 듯이 아름다웠다.

보지 않고는 아무도 느낄 수 없다.
낙타 사파리.
그리워진다.

문득

18살의 어린이날.
아침공기가 선선한 9시의 늦은 등굣길.
딱지가 주었던 삼각형 커피우유와 쪽지가 생각난다.

"어린이날 선물이야."

인도에서

지독한 가난이란,
그들에게 비굴함과 삶에 대한 허덕임을 선사한다.
순수한 사람에게 때를 묻히고 여유를 빼앗아간다, 생각을 했었다.

하지만 돌아보면
오히려 허덕이고 때가 묻은 건
더 부자인 우리인지도 모르겠다는 생각이 드는 건 왜일까.

우리는 너무나 많은 것을 놓치며 살고 있다.

각종 광고물과 카드고지서 등이 가득한 우편함에서,
손글씨로 써진 편지를 발견하는 마음이란.

늘 나를 놀라게 만드는 지영씨.

11월

November

가지 못하는 길에 대한 동경.
가게 될 길에 대한 망설임.

그래. 세상에는 하지 말아야 할 것들이 너무 많아.

애인이 있는 남자를 사랑하는 것도 안되며,

약을 하는 것도, 모자를 쓰고 회사를 가는 것도 안된대.

하지만 사람들은 하지 말아야 할 것들을 하고

시작하지 말았어야 할 것들을 하고

비밀을 만들고, 상처를 만들고,

어쩌면 후회를 하게 되지.

하지만 그런 뒷감당을 감수하고서라도 얻고 싶은 재미

혹은 일탈을 위해 우리는 기꺼이

빨갛고 싱싱한 마음 하나를 담보로 걸고 겁대가리 없는 뒷거래를 시작해.

하지만 어느 순간

장난이 진짜가 되었음을,

가벼움이 짐이 되었음을 느낄 때,

그 때는 어느 것도 돌이킬 수 없을, 이미 빼도 박도 못할 즈음이려나.

젊은 날의 열기를 분출할 길 없어 엄한 데 풀던,

용기도 대담함도 아닌

무모한 객기였던 거라, 혼잣말을 뱉겠지.

나은 미래에 내 현재를 담보로 하였다 하여
지금 내가 더 나은 미래를 얻게 된 것은
아닌 것 같다.

현재를 소중히 하지 않는 삶에서는
결코 나은 미래도 나았던 과거도 존재하지 않는다.

삶의 초점은,
미래도 과거도 아닌 현재에 있다.
좋아하는 것을 좇아서 사는 삶은 언제나 충만하고 후회가 없다.

언제나 대비하는 삶은 끝이 없다.
생각해보면, 아주 꼭 해야만 하는 것은 별로 없다.
꼭 해야 하는 것만 하고 살다보면 하지 않아도 될 것들은 너무 많다.

조금 내키는 대로 충동적으로 저지르며 얻는 즐거움들은
오늘 출근해 혹은 등교해 열심히 일한 그리고 공부한, 나 자신을 위한 선물이
아닐까.
자신을 너무 아끼며 살다보면,
오늘 대일밴드를 사놓았다 치더라도 내일은 빨간약을 사놔야 될 것 같고
모레는 구급상자를 준비해 두어야 할 것 같다.
그러다 보면 평생을 준비만 하다가 끝나버리게 될지 모른다.

나는 후레시맨 같은 건 아니어서

지구를 지켜야 할 의무도 세계 3차대전을 막아야 할 사명도 띠지 않고
태어났다.

우리가 태어난 목적은,

언젠가 넘어지고 죽어 끝나버릴 것을 대비하기 위한 삶이 아니라,

이왕 태어난 거 최선을 다해 원하는 대로 자신에게 행복을 줄 수 있는

수단들을 찾아서

그것을 좇아 그에 행복하다 느끼며 사는 것이 아닐까 생각한다.

스쳐지나간 사람들은 아무도 나를 기억하지 못한다.

나는 세상의 중심에 있지 않고, 다만 '내 세상'의 중심에는 내가 있는 것이다.

그렇다면 '내 세상'에서 가장 중요한 내 자신을 위해 살면 되지 않을까.

나를 위한다는 건,

결국 내가 즐거워야 하고 내가 웃어야 하는 것이 아닐까.

계속해서 오늘의 행복을 포기했을 때, 과연 내일의 행복이 있는 걸까?

크리스마스 직전,

장례식장엘 갔더니 죽어버린 사람의 인생

타인들의 짧은 울음밖엔 별게 없었다.

놓아도 되는 것은 좀 놓고 살자.

세상 뒤집어 질것 같아도 그건 너무 자신을 크게 생각한 것이다.

내가 이것 하나 틀린다고, 법칙 하나 깬다고 아무것도 달라지지 않는다.

너무 많은 규칙을 다 지키고 살 수는 없다.

지켜야만 하는 사회적인 규칙들을, 우리는 이미 그것들로부터 자유롭지가 않으니

최소 당신 자신이 만든 규칙은 좀 무시하고 살아도 되지 않을까.

나는 이래야 돼, 나는 이런 사람이어야 돼, 는 조금 내려두고 살 필요가 있지 않을까.

잊었다 하여 잊은 게 아니다.
지웠다 하여 지운 게 아니다.

흔적이 남는다.

흔적, 은 지울 수가 없는 것이다.

구겨진 종이를 깨끗이 펼 수 없듯이
눌러쓴 연필자국까지 지우개로 지울 수는 없다는 것은

모두 깨끗이 지운 척, 원래 하얀 것 마냥 살아가고 있는 우리가 더 잘 안다.

흔적, 이라는 것은. 그런 것이다.

전화를 끊고
3분이 채 지나지도 않아 나타나
1.5L 오렌지 주스와 종이컵을 꺼내곤 닭똥 같은 눈물을 뚝뚝 흘리던 너와
당황해 웃기만 하던 나.

그런 스물 몇의 친구 사이와 수다.

서운한 웃음 뒤의 심심한 울음.

이런저런 소소한 추억과 길거리 벤치에서의 맥주 혹은 커피,
그리고 바다.

어째서 자꾸 이런 것들을 배워가야만 하는 것일까.

나이는 왜 자꾸만 사람을 서럽게 만드는지 모르겠다.

한 사람이 떠났다.

시작과 끝을 알 수 없는 썰렁함이 마음에 머물렀다.

'죽음'이란 것은 인간에게 알 수 없는 공감대를 던진다.

어떠한 존재들이 끊임없이 사라져간다.

이럴 땐 무엇을 욕심내고 무엇을 버리며 살아야 할지 모르겠다.

스물여섯의 아름다운 나이.

나처럼 한창 무엇을 욕심내며

해보고 싶은 것도, 갖고 싶은 것도, 누리고 싶은 것도 많았을 텐데

미련을 남긴 하나의 청춘이 막을 내리고

그 막내림을 보며 또 하나를 잃고 딛는 법을 배우며

그냥 나는 일상적인 무언가를 해야 했다.

아무리 해도 익숙해지지 않을 죽음이라는 경험이여.

섭리는 영원토록 잔인하다.

잘 가렴, 현미.

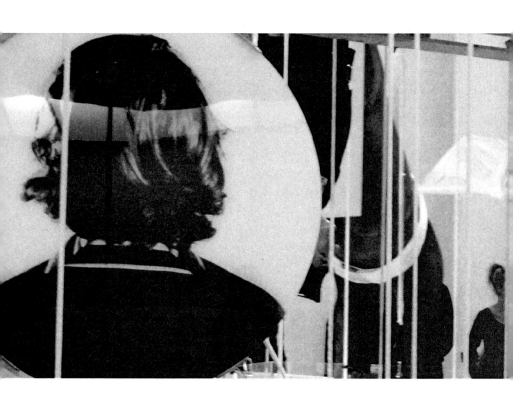

영화가 시작했다.
영화가 끝났다.

극장을 나왔다.

지하철을 타고 미친 사람마냥 멍하니 앉아있자니.

맞은편에 앉아있는

초등학교 3학년 정도 될법한 남자아이가 기다란 문제집을 들고 있다.

문득 생각이 났다.

나도 문제집을 풀던 적이 있었다.

내가 무신경해진 사이 주위엔 많은 것이 변해있다.

더 이상 보기가 다섯 개인 문제 따위를 풀지 않아도 되고.

옷을 어떻게 입던 아무도 간섭하지 않고.

집에 몇 시에 들어오건 누굴 만나건 내 마음대로 하면 된다.

그것이 문제집 대신 내가 직면한 문제와 선택 따위에 대한 책임을 부여받은

것이다.

그렇게 나는 얼렁뚱땅 성인이 되어있다.

아무리 넘겨도 해답지 같은 것은 없는 무서운 곳에 던져져 있다.

엄마가 싸주던 도시락 반찬 대신 사람들은 무얼 먹을래, 라고 물어본다.

매일 나는 선택이라는 강요 아닌 강요를 당하는 기분이고.
선택의 자유 이면에 감춰진 책임이라는 무서운 얼굴의 진실을 본다.

우리는 아무것도 모른다.

마음을 쫓으며 살아야 하는 것인지,
돈을 좇으며 살아야 하는 것인지,
꿈을 좇으며 살아야 하는 것인지,
안정을 바라며 절대 넘어지지 않을 사람을 찾아야 하는 것인지,

그 종이 한 장 차이의 선택이
마켓에서 사과를 고르듯, 손가락 하나의 까딱과 다르지 않을지라도 그 결과는,
한 시간 차이로 뜨는 추락할 비행기와 추락하지 않을 비행기의 운명과도 다르
지 않다.
하지만,
아무리 신중하였어도 알아채지 못했을 비행기 추락사고처럼
인생에 있어서 그 어떤 신중한 선택이 결과를 보장하지도 않는다.

내가 속한 이십 중반은 인생의 갈림길이다.
십대 동안 암기나 하며 로그 따위나 겨우 배워온 우리는
세상에 던져지자마자, 무엇이 중요하고 무엇이 중요하지 않은지를 캐치해야 되고
무엇을 버려야 이익이며 무엇을 버려야 최소한의 손해인지를 선택할 수 있어야
한다.
흐름을 파악하여 묻어갈 적당한 요령 또한 익혀야 하고
결국, 평생을 스스로가 가장 중요하게 생각하며 살아야 할 가치 또한 정해야
한다.

하지만 그 가치에 좋고 나쁨이

도덕책에 나오는 옳고 그름과 같지도 않다.

돈을 추구하여야 할지, 사랑을 추구하여야 할지, 일을 추구하여야 할지

안정을 혹은 모험을 추구하여야 할지 선택하여야 하지만,

이십대 중반은 이십대 초반처럼 무작정 용감하게 단정 짓지 못해

진정으로 원하는 것에 대한 기준이 흐트러지게 된다.

나는 한 치 흔들림 없이 꿈을 원했고 모험을 원했지만, 지금은 꼭 그럴지도 않다.

나이를 먹어가고 경험을 쌓으며 시야는 넓어지고, 해를 거듭할수록 안목과 가치관도 바뀌어간다.

세상에 부딪힐수록 융통성만 너무 생겨 이것도 맞는 것 같고 저것도 행복할 것 같다.

우리의 청춘은 당장,

인턴을 할지 연수를 할지를 택해야 하고

졸업을 할지 유학을 할지도 택해야 하고

결혼을 할지 일을 할지도 택해야 하는데

손 하나 까딱 안 하고 딱 잘라 나 이거할래, 라고 결정하면 될 것이지만

내가 인턴을 해야, 혹은 연수를 가야, 혹은 졸업을 해야,

혹은 유학을 가야, 혹은 결혼을 해야, 혹은 일을 해야, 대박이 날지 알 수가 없다.

그렇다면, 과자 고르듯 땡기는 대로 집어버려도 뭐 나쁠 것 없지 않은가.
머리로 최선의 선택을 계산하느라 에너지를 쓰기보다는,
지치지 않고 최선을 쏟을 각오가 생기는 선택을 하여야 한다.

의심하지 말자. 노력은 언젠가는 인정받게 된다.

그 시작이 어쩌면

가을의 녹은 아이스크림 이야기처럼

그렇게 적절한 타이밍이 아니었지만,

인생은 연출이라는 말을 쥐고

인생에 조금 더 많은 메타포를 얹기 위해

두 번째 소설의 첫 소절을 들고

건조한 지름길 대신 바닷바람을 쏘이며 바닷길을 따라 빙- 돌아가는 길을

택한 건

내가 녹아빠진 아이스크림이 된 후였기 때문인 거라 결론짓는다.

커피와 술

눈을 마주하며 커피를 마시는 것은
마음을 마주하며 술을 건배하는 것과는 조금 다른 일이다.

술과 커피.
그 각각의 매력에 대하여.

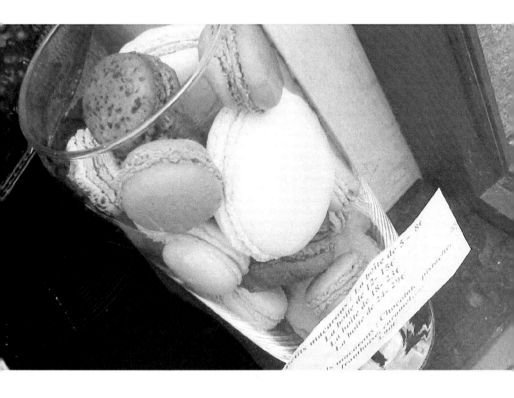

중독

생판 모르는 것.
생판 모르는 사람이 습관이 되고
습관이 중독이 되고, 중독이 삶의 한 부분이 되어버린다.

그것이 나인 것인지, 내가 중독인 것이 헷갈리게 되면
걸음이 엇갈리게 되고, 그러면 인생이 엇갈리게 되지만,
나는,
내 불안정한 생활 속의 그나마의 반복된 습관을 좋아하고, 중독을 좋아하며,
그렇게 나의 일상을 사랑하고
그렇게 나의 습관 혹은 중독 속의 사람들을 사랑한다.

많은 시작은 터무니없는 남남의 것으로부터, 습관이 되고 중독이 되면
세수를 하고 밥을 먹는 일과 같이,
눈에 보이지 않는 관계의 (커피와 나의 관계라든지, 친구와 나의 관계와 같은)
얇은 실들로 묶여진다.

이렇게 나는,
사소한 습관에서 그리고 중독으로 그리고 일상으로. 묻어버린다.
하지만,
나의 지극한 일상에 베인 습관들이 지겹지 않은 것은
그것의 매일이 똑같아 보이나 아주 똑같지는 않고
그 작은 반복과 익숙함에서 쉼을 찾고, 안정을 찾는 소스가 되는 것이기 때문이다.

그래서 우리는 지루한 쳇바퀴와 같다. 말을 하면서도

사실은 벗어나기를 두려워하고, 끊으려고 하면서도 사실은 끊고 싶지 않아

하는지도 모르겠다.

어쩌면

습관이란 그리고 중독이란,

너무 부정적이지만은 않은 건지도 모른다.

인간의 생이란,

'외로움'이라는 개념으로부터
'혼자'라는 개념으로부터
아무래도 자유로울 수 없는 것이다.

12월

December

겨울 내내

손 시려.
머리 시려.
눈 시려.
마음 시려.

그저 반짝이는 겨울. 그리고 연말.

시끄럽고 왁자지껄한 수다들에 외로움이 묻힌다.

그리고 아침에 눈을 뜨면 이유 없이 초조하고 불안한
나의 요즘들도
묻어간다.

정신없는 성탄절을 보내고,
어제는 십년지기 친구를 만나고,
어떤 이유 없이 방학의 이맘 즈음이면 반복되는
이제는 더 놀랍지도 않은, 습관성 우울증의 시작.

마음을 꼭꼭 걸어 잠그고
알지도 못하는 낯선 클래식 음악을 틀고
정신 나간 사람마냥 서랍을 엎어 청소를 한다.

머릿속으로는
일 년 간의 나의 업적들을 곰곰히 파헤치고 있다.

나는 한 해 동안 무엇을 이루었나⋯.

너무 예쁜 내 친구들이 있고
너무 듬직한 내 가족이 있고

너무 불투명한 내 미래가 있고,
뜨거운 모카 한 잔이 들려있다면야….

이런 겨울이라면 전부 괜찮을 테다.

크리스마스

아직도 젊은 우리에게 12월의 가장 큰 행사는 크리스마스가 아닐까.
그런데 어쩌면 난.
눈이 와도 반갑지 않을 나이를 먹은 만큼, 크리스마스도 부담스러운 나이가
된 것 같아.
그냥 삼겹살에 소주를 먹거나 길가다 떡볶이를 먹는 일은
종교와 상관없이 크리스마스에 대한 예의가 아니라고 생각이 들기 시작한건
지도 몰라.
그런 생각이 들고부터 크리스마스는 하나도 즐겁지 않은 날이 돼버렸어.

언젠가부터 남에게 보이는 많은 것들을 신경을 쓰면서부터
고급 바엘 가건 고급 레스토랑엘 가건, 내 자신을 최우선으로 생각했다는 기
분이 들지 않기 때문이지.
보이기 위한 짓 따윈 그만해야 될 것 같아.
크리스마스가 되어 어린아이처럼 마냥 기쁘지 않은 건 내가 조금 속물스러운
어른이 되어 그런 것이지 않나,
하는 생각이 들었으니까.

아! 시간이 얼마 없네.
어서 씻고 매니큐어를 새로 바르고,
불만이 가득하던 우울하건 간에 크리스마스 이브를 맞이하러 나가야겠어.
아참! 가족들에게도 따뜻한 말 한마디 잊지 마.

다들, 외롭지 않은, 속물스럽지 않은, 따뜻한 성탄절 되길 바랄게.

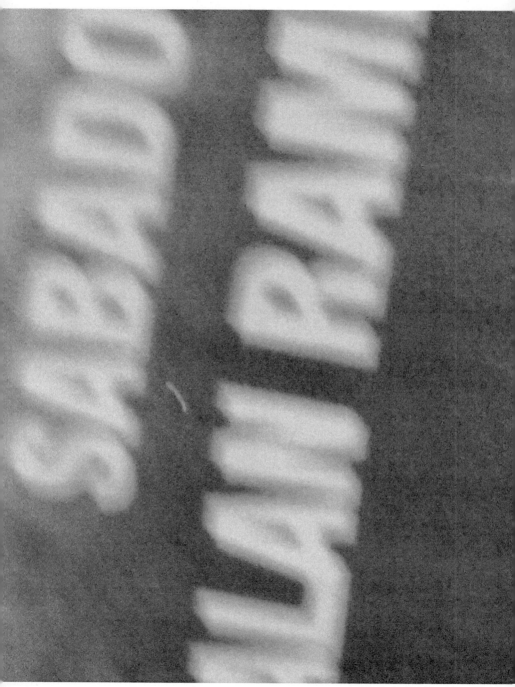

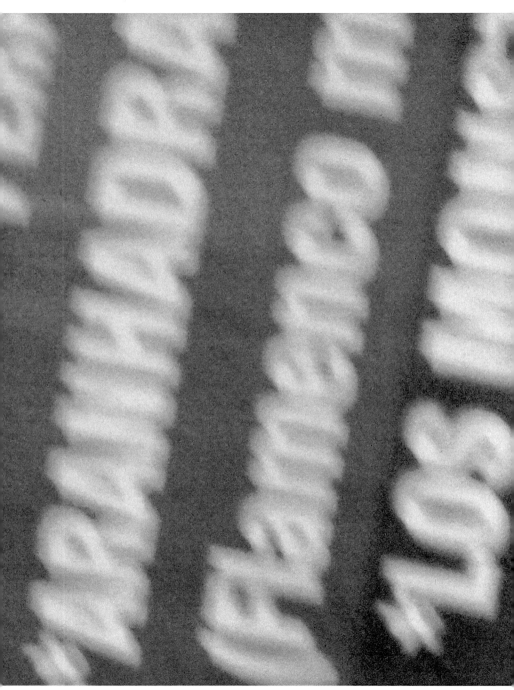

돌이킴의 실재(實在)

돌이킬 수 없다.

우리는 시간의 연속성 위에 놓여
거스를 수 없는 흐름에 길들여져 살아간다.
이미 알아버린 것의 강박관념에 물들어 살아간다.

그래도 이 '돌이킬 수 없다'는 말은 마음에 든다.
시간이 꽤 도도해 보인다고 할까. 담담해 보인다고 할까.
그 훌륭한 존재들에 비해 '사람'이 조금 가여운 건 사실이다.
아무리 돌이켜 봐라. 돌이켜지지도, 돌이켜 보아지지도 않는다.
일 분 일 초 사이라도 현재와 과거가 다르니
현재와 과거의 시점이 다르고.
그 사이 아무것도 변하지 않은 것 같다 하여도
엄밀히 변하지 않은 것은 단 하나도 없는 것이다.
그래서 단 1분 전의 과거라도 실재(實在)하는 과거와 기억은 다르다.

시간이 흐르는 동안 이미 주관이 개입되어버린 '과거'
우리는 모두 과거에 대한 진실과 실재(實在)는 기억하지 못한다.

그 시각(時刻)의 변화에 대한 시각(視角)의 변화가 무섭기도 하여라.
날씨나 시간, 내 마음, 내 기억조차
뭐 하나 '사람' 뜻대로 되는 것이 없으니 가엾기도 하여라.

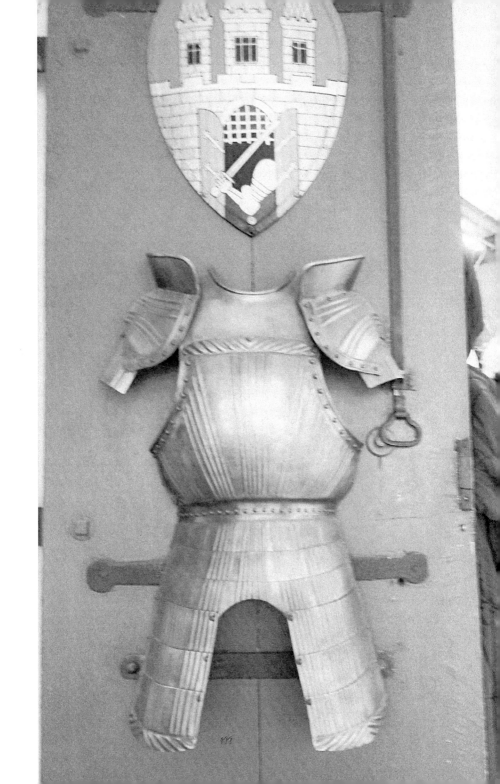

특별한 사소함.

산책을 하거나 벤치에서 맥주를 마시거나
그저 이런 아주 사소함이
'기억' 혹은 '추억'이라는 이름 아래 미화되어
불현듯 아주 아름다운 모습으로 스친다.
나에게 과거는 언제나 긍정이다.

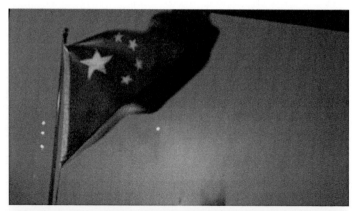

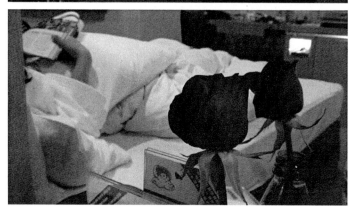

상하이의 야경은 아름답다.
야경을 보며 친구와 와인 한 잔.

1월

January

작년 이맘 즈음,

한 해 동안 일어날 나쁜 일은 모두 지우려고 지우개를 샀었는데,
그럴 새도 없이, 연필 한 더즌만큼의 달을 써버리고
새로운 한 더즌만큼의 달이 도착했다.

무엇을 쓰고 무엇을 그리게 될까.
무엇을 지우고 무엇을 남기고 싶게 될까.

두근거린다.

소원.

어렸을 땐 소원이 백 개도 넘었던 것 같은데 점점 소원의 수가 작아진다.

문득, 사람들은 어떤 소원을 빌고 사는지 궁금해진다.

작년 한 해 동안 나는 무엇을 놓치고 살았을까.
아무렴 지나간 일은 개의치 않겠다.

올해에는 사소함에 목숨 거는 단순함과
백 가지의 황당한 소원을 진지하게 비는 순수한 마음, 그리고
스무 살의 세상에 대한 호기심과 모험심, 그 설렘과 기대감을 찾고 싶다.

그리고 내년 이맘쯤,
볼에 닿는 차가운 바람에 술기운 잔뜩 오른 따뜻한 입김으로 호호 맞서며
무엇에도 쫄지 않을 낭창함으로 또 다른 한 해를 맞겠다.
파이팅!

춥다는 말이 식상할, 겨울의 한창.

창문 바깥 공기가 차고 창문 안의 공기가 더워 창문에 물방울이 붙어있다.

그러다 1월 1일이 되고,
어제나 오늘이나
늘 그렇게 지나가듯 겨우 하루가 흐른 것뿐인데.
숫자는 바뀌고, 해를 상징하는 동물도 바뀌어 있다.

뭐가 이렇게 빠른가.

일 년 중 가장 허무하고 속상한 12월 31일과,
일 년 중 가장 설레고 활기차고 달력 가득 계획을 세워야할 1월 1일.
이 둘 사이는 얼만큼 먼 것일까.

나는 눈발 날리듯 허망한 상상을 하고 있다.

오늘도 온종일 눈발이 흩날린다.

음악을 틀고 커다란 창문을 보고 있으니 오래간만에 마음이 편안해지는 기분이다.

지붕 위의 눈은 케이크처럼 하얀데, 사람이 지나간 곳은 예쁘지가 않다.
세상을 씻어 주는 비와 달리
너무 하얗고 깨끗한 눈은 가끔 그렇지 않은 것들에게 그래야만 할 것 같은,
깨끗함에 대한 압박을 가져다 줄 때가 있다.

아무튼, 오늘.
밟을 수 없을 것만 같은, 정말 예쁜 눈이 내린다.

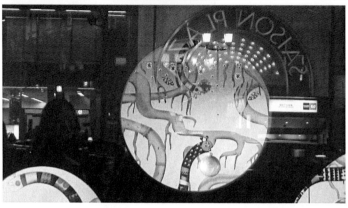

내 이십대의 대부분의 여행 메이트였던 자루.

도쿄에서,

뒤를 돌아봐주세요. 찰칵, 했지만

자루와의 많은 여행에서 사실

자루가 나보다 앞서 걸은 적은 거의 없다.

길을 하나도 모르는 주제에 두리번두리번 옆으로 새거나 사라지는 나 때문에

자루는 언제나 뒤에서 양떼 몰 듯 나를 몰았다.

그렇다.

자루는 매번 호텔도 못 찾는 나를 미워했다.

하지만 부정할 수 없게도 여행마다 우린 죽이 잘 맞았다.

제법 살만한 데도 아빠는 샴푸랑 치약을 끝까지 짜서 쓴다.
나는 명품가방을 사고 아빠는 그만큼 일찍 일어난다.

원래가 있든 없든 뭐든 최선을 다하는 것이 몸에 밴 아빠는
하나도 구두쇠는 아니지만 물건도 주어진 대로 열심히 사용하고
깨끗한 지구를 위해 분리수거도 강조한다.
아껴 쓰라는 이야기보다 끝까지 사용하라는 이야기를 더 많이 한다.
나서서 환경을 지키는 것은 아니지만, 그 자리에서 당신이 할 수 있는 주어진
일을 한다.

그러니까.
아빠가, 엄마가, 아프지 않고 외롭지 않았으면 좋겠어.

내 자신의 현재는,
흐르고 흘러 다른 현재의 시간 위에서
제삼자의 것처럼 내 것이 아닌 것 같다, 라는 순간이 온다.

전부 짊어지고 가고 싶었는데
전부 내려놓고 가고 싶은 시점이,
우리 모두에게 오게 되는 삶이란….

봄 여름 가을 그리고 겨울.

그림을 한 장, 완성시키고 나면,

어떤 터치로, 무슨 생각을 하며, 어떤 색으로, 어떻게 그렸는지 하나도 생각이
나지를 않는다.
완성이 되고나면, 더 의욕이 넘치지만 그러고 나면 다음 그림을 시작하기가
더 무섭다.
하얀 캔버스 앞에서 내가 지금까지 어떻게 해왔는지 아무것도 생각이 나질
않는 생소한 그 낯설음은,
처음 무엇을 배울 때의 겸손한 초심이 아니라
수심이 보이지 않는 불투명한 바다에서 수영을 처음 배우는 것과 같은, 그런
기분이다.

하나의 그림이 끝나면
다시 또 이젤 앞에 서기까지 긴 시간이 걸린다.
핑계라, 겉멋이 든 말뿐이라, 나는 역시 그림을 할 사람이 못되나 보다, 라고
그런데 나는 왜 이것을 하고 있느냐에 대해 4년 동안 질문을 던졌는데

이제껏 감히, 미술에 대한 모든 화제를 회피했던 내가 무언가를 말하고 싶어
진 건
조금은 스스로에게 떳떳할 이유가 생겼기 때문인지 모르겠다.

나는 이게 좋아, 나는 이것을 잘해, 는 역시 내가 자신이 없는 말이었다.
나는 게으른 사람이어서 '좋아'라고 말을 한다면,
쇼핑하는 게 더 신나고, 친구들이랑 노는 게 더 신난다.

내 자신도 늘 그게 이상했다.

잘 모르겠지만 이런 게 아닐까 싶다.
종교를 가진 사람들은 다를 수 있겠지만

그냥 갑자기 어느 날 보니 내가 생겨버린 것 같은 사람들은,
아직도 내가 뭔지,
나를 둘러싼 이런 것들은 뭔지,
내가 언제부터 생겨있었던 건지,
그냥 갑자기 지금 생겨버린 것 같은 천애고아 같은 그런 기분이 들 때가 있다.
하지만 나는 아직 살아있고 무언가를 향해 무언가를 위해서 가고 있었다.
거기에 대한 답이 아니었을까.

이제 '너는 미술을 왜 해?'라고 묻는다면
나는 이게 좋아, 나는 이것을 잘해, 라고 딱 부러지게 말할 수 없는 대신
몇 문장은 떠듬떠듬 말할 수 있을 것 같기도 하다.
∴
드문드문 붓이라도 꺼내드는 일이 없었다면,
아마 나는 진작에 더 쉽게 나를 놓아버렸을지도 모르겠다.
나에 대한 그림이라는 존재가
내가 가까이 있든 없든 상관없이, 내가 좋아하든 무서워하든, 잘하든 못하든
상관없이,
나를 존재하게 하는 무엇이고, 나를 붙들고 내 삶의 지탱해주는 무엇이었더라.

가만히 끌어안아 어깨를 다독여 줍니다.

괜찮아—

따뜻한 말과 따뜻한 체온에 전부 괜찮은 것도 같아집니다.

나는 그렇게 위로를 합니다.

잠시 동생과 베니스에 다녀왔다.

동생에게 대단한 방향감각과 특별한 지도해독 능력이 있다는 걸 알게 되었고
덕분에 매우 편하게 원하는 곳을 찾아다닐 수 있었다.

지나고서 생각해보니 남동생과 누나의 여행에서
누나가 꼭 챙겨야 할 것은 남동생의 피로회복제가 아니었나 싶다.

에스컬레이터가 없는 계단에서 내 트렁크까지 들고 올라가느라,
자주 배가 고픈 나를 보살피느라,
고생한 동생에게 고마움을 표한다.

죽음.

오늘 일도 내일 일도,
생각해보면 코앞에 닥칠 1초조차 온통 처음 맞는 것인데
사람들은 대견하게도 너무 낯설진 않게
생각보다 용감하게 맞이하고 적응해간다.
아니. 적어도 그렇게는 보이도록 살아간다.

결국 다들 처음 살아보는 거여서
능숙하게 슬픔을, 능숙하게 죽음을 맞이할 수 없을 텐데도
몇십 년 째 살아왔다는 어제까지의 익숙함 하나에 의지해
제법 의젓하게 이 생소할 법한 모든 것을 풀어나간다.

태어나면 죽게 되고 사람을 붙잡을 수 없는,
시간은 흘러 어떤 시간을 선택해 머물러 있을 수 없는,
'섭리'는
아무것도 개의치 않고 혼자만의 시간과 법칙을 지키며 일관성 있게 흘러
인간이 그냥 이것을 받아들일 만큼 의젓하지 않으면 안 되게끔 만들어 놓았다.

–

외할아버지가 돌아가셨다.
노인이어서 다 알 것 같지만, 사실은 처음으로 죽음을 대하셨을 테다.
그 깜깜함을 처음으로 맞고 혼자 걷는다.
외할머니는, 이제 남편이 없다.
육십여 년 동안 젓가락 한 쌍이었는데 그렇지 않은 그 어떤 막연함을 처음으로
맞는다.

엄마는 이제 아버지가 없다.

엄마는 엄마여서 다 알 것 같았는데, 그러게. 처음으로 아버지가 없는 걸 테다.

나는 이제 외할아버지가 없단다.

그가 존재하던 공기 한 부피를 푸딩 자르듯 잘라떼어 가버린 것 같다.

수십 년을,

그 공기 사이에 사람이 존재했는데 갑자기 사람이 없어지면

그곳을 채우기에 공기가 모자랄 텐데_

다들, 추운 겨울 이불에 몸을 묻듯

그렇지 않았던 어제까지의 익숙함에 현재를 묻어

잠시잠시 그렇지 않았던 듯 그럴 리 없는 착각을 하며

그랬던 듯 그렇지 않았던 듯, 천천히 메워지게 될까.

슬픔이라고 하기보다 텅 하고,

그리움이라고 하기보다도 형체 없는,

그것부터가 공허하다.

새 것 같은 큰 종이에 한구석이 사람 모양대로 뻥 뚫린,

종이인형 마분지를 보고 있는 것 같다.

그사이로 휭휭 바람이 센다.

일월의 마지막 날.

사람들은 모두가 극한 허전함에 대한 대비책을 호소하고 있다.

내가 이러한 방법으로 풀어가듯,
그들은 그러한 방법으로 마음을 메꾸어 나간다.

어떻게 보이더라도 절대로 가볍지가 않을 각각의 인생들.

어떻게 웃어넘기더라도 쉽지 않았을 공허함을 풀어내며
누릴 수 있는 최대한의 해방감을 느끼고 가질 파장을 꿈꾸며
미안함을 누르며 설렘을 도모하다.

2월

February

싸가지를 버리세요.

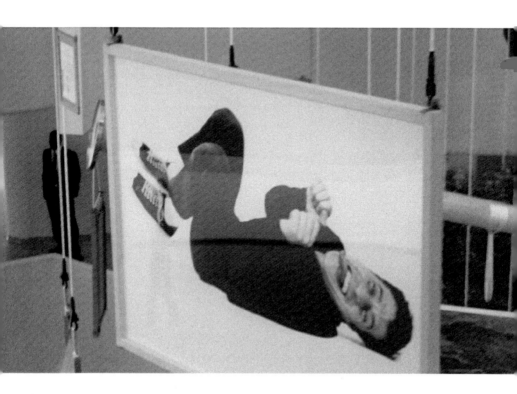

이렇게 시간은 흐른다.

하지만 마음은, 시간이 흐르면 낡고 허물어 버리는 벽처럼 그렇게 되어버리지
는 않는다.

어쩌면 관계에 있어서 시간의 가치는

골동품에게 있어서의 시간의 가치와 같은 것이 아닐까.

스물의 중반 정도.

각자의 길을 찾아 흩어질 나이인가 보다.

그리고 몇 년 쯤 후

이십대의 후반 혹은 삼십대가 넘어 저절로 다시 모아지게 될 것이다.

아쉬운 것도 슬픈 것도 아닌, 멋지고 담담한 삶의 흐름인 것이다.

스무 살보다는 꺾였지만 아직도 어린 우리는

겁도 두려움도 없이 당찬 꿈을 좇는다.

아직은 꿈을 좇을 수 있을 나이이기에

또 하나의 기회를 열고 시도하기 위해

낯선 땅에 첫걸음을 내딛는 친구들에게 그리고 나에게,

흩어짐의 서운함보다는

축하와 응원을 하고 싶다.

끝이 아닌, 이제 시작이다.

시간이 총알 같다.

한 해 한 해
그나마 단 하나의 무기였던 젊음도 잃어가고,
인생에 옵션 하나 준비해놓지 못했다.
그렇지만 예순까지도 나 아직 젊다고 빡빡 우길 테다.

연인들의 도시, 프라하.

그렇게 하나둘, 짧은 인연이 다하고
묵직한 인연이 서넛이 겨우.

앞으로 20년만큼 더 살게 되면 그때엔 대여섯쯤 될까.
아님 지금까지의 사람들이 가고 새로운 인연을 얻어
여전히 서넛일까.

사람이 자꾸만 가버리는 것 같아서
전화번호를 뒤적거려
나를 반가워하지도 않을 것 같은 사람들에게도 문자 한 통씩 넣어본다.

'인연'이라는 게 뭐가 있을 것 같으면서도 별 것도 없고 가볍기도 하다.

'동무' 정도가 필요하다.
인간적인 사람과 인간적인 대화를 하고 싶다.
친구가 아닌 그 어떤 사람과 인간적 유대로 허물없는 대화를 하고 싶다.

마음이 전율합니다.
한 마음을 공유하고
한 공기를 공유하고
한 추억을 공유합니다.

너와 나는

맥주와 기름진 안주를 사이에 두고
몇 년 째 함께 인생한탄을 하다가
"너는 내가 아는 사람들 중 가장 괴짜일 거야."라는 말과
'잡지 오십 몇 권'에 '날개가 멋지게 달린 끈 옷'을 선물로 남기고, 넌 여름인
나라로 가네.

그리곤 나는
삼겹살이 먹고 싶을 때나
종로의 소극장에서 영화를 보고 싶을 때,
혼자 미술관에 가기 싫을 때, 짜증내고 싶을 때,
습관적으로 전화를 들었다가 '아, 없지 참…' 하고 전화기를 놓을 것이다.

나중엔 꼭 아프리카 사파리 가자.
서른에는 모두 접고 꼭 일 년 동안 세계일주 가는 거다. 서슴없이 약속하곤
한 치의 의심도 없이 당연히 그러할 거라 생각했는데
일 년이 지나고, 겨우 이 년이 지나고 보니

나는 또,
언제 너와 그때와 같은 그러한 여행을 갈 수 있을까. 망설임 없이 약속할 수
있을까.

이렇게 삼 년 사 년 오 년 육 년 다 흘러버려
현실이었던 것들은 하나둘 비현실이 되어간다, 친구야.

이제는 각각의 인생을 찾아야 할,
문득 돌아보니, 이렇게 유년기는 이미 다 가버렸더구나.

내가 건너는 한남대교에는 인생의 흐름이 있다.

술 취한 아저씨의 귀가길이 있고,
돈을 버는 치열한 아저씨의 삶도 있고,
내가 건너는 아름다움의 여유도 있다.

다들 이 순간을 스쳐간다.

돈 때문에, 낭만 때문에, 필요에 의해서
다들 이 땅을 스쳐지나간다.

서울은 다이나믹하고, 아름답고, 외롭고, 어렵고 슬프기도 하다.

난, 어쩔 땐 술을 마시고 강을 건너고
어쩔 땐 그림을 그리고 강을 건너고
화가의 시각에서, 낭만의 주정뱅이의 시각에서 같은 강을 바라본다.

강아, 너는 여전하고
나는 여전하지 못해
나는 삶의 공허함을 느끼고
너는 자연의 영원함을 느낄 테지만

나는 너보다 짧아 아름답다, 소리칠 테고
너는 나보다 길어 여유롭다, 나를 조롱할 테다.

그렇다.

너는 자연이고

나는 하잘것없는 선 위 아슬함 끝에선 인간이지만,

너는 나의 자유분방함을

나는 너의 순회를 부러워할 테다.

그래서 너도, 나도,

충분하지 못한 섭리를 누리며 없는 자격을 질투하게 되겠지.

장점을 내세우며 서로를 누르고 아쉬움이 없는 척 그렇게 뽐내며

너를 죽이고, 나를 마감하고 있겠지.

영원이 없는 세상 속에 무엇이 가장 잘난 양 가진 것을 과시하며

가지지 못한 것을 두렵지 않는 체 하겠지,

체, 체, 그렇게 아닌 체 하겠지.

그렇지만 어쩌면, 너와 나는 다른 것 같아도 결국 같은 존재였는지도 모르겠다.

외롭고 불안한.

가장 텅 빈 마음이 가장 가득 찬 나이를 메꾼다.

계절은 존재를 뚜렷이 맡은 몫을 하고,
일부의 사람들은 흐릿하게 사라짐에 대한 마음의 준비를 해간다.
두렵고 허무함과 아쉬움이 가득할 텐데도,
처음 겪을 인생의 끝자락을
싫어도 어려워도 받아들일 수 있는 정도의 적당한 강함으로,
적당하지 않다 생각되는 길이의 인생을 받아들인다.

나이지 않게 살기도 했었고 너무 나처럼 살기도 했었고,
너무 과한 껍데기로 치장하기도 했었고,
그러다보니 자아에게 가장 무심하고 소홀한 인생을 살기도 했다. 그들은 생각
할 것이다.

사람 한평생이 너무 짧다. 외할머니가 말한다.

나는 무엇일까.
나에게는 일어나지 않을 것 같은 일들,
머나먼 이야기들 안에 문득 내가 속해져 있는 날들이 오겠지 .
내가 지구의 중심이 아니었음을, 흐름의 하나였음을,
내 삶이 제삼자의 것과 같이 느껴지는 날이 .
금세 오겠지.

사람 한평생이 너무 짧더라.

안 먹어본 게 너무 많더라. 외할머니가 말했다.

두려움도 외로움도 익숙해질 만큼의 강인함은 없다.

어쩔 수 없이 비우고 버려나갈 뿐.

삶의 매초가 연습이 없듯,

팔십이든 스물이든

두려움의 크기는 다르지 않을지 모른다.

다만, 겉으로

괜찮아만 보인다.

그렇게 어른은 시간을 겪어

감추는 법에만 익숙해진다.

그렇게 나를 중심에서 놓아가는 법을 배운다.

무엇을 중요하게 여겨 살아가야 할까.

어떠한 아쉬움이 내 인생의 엔딩에 함께할까.

무엇이 중요한 인생의 요소일까.

누구나 정답이 없이 태어나 주어진 인생을 헤쳐 나간다.

막연한 삶을 구체적으로 만들어가게 된다.

행복했지만 두 번은 마다할, 인생을 선고 받았음을 깨닫게 되었다.
삶의 무게에 대한 담담함의 불가피함이 나에게도 닥쳐올 테다.

무엇이 최선일까.
무엇이 아름다움일까.

그 어떤 삶의 무게를 감당하고 있나요.
그 어떤 삶의 이상향을 좇아 가슴앓이를 하고 있나요.
그런 거 따위 삼겹살에 소주 한 잔 기울이며 잔뜩 투정해버려요.

다들. 너무 잘도 살아 배도 아플 때도 있죠.
하지만 그러는 본인도,
아름다워서 빛이 나고 있다는 거 잊지 말아요.

지금처럼만. 지금처럼 서툴고 순수하게만 살아요.
세상에 찌들지 말고. 지금처럼만 살아요.

술잔이 부딪치는 어느 때 스치듯 서로를 기억하며 살아요.
겨울이라고 너무 고독을 곱씹지는 말아요.

그리고
가끔 소식을 전해 줘요. 너무 서운하지는 않게.

긴 휴가가 끝이 났어요.
인간적이라고, 지구는 그래도 인간적이란 걸 증명해보아요.

제 코가 석자인 서주연이 청춘의 레이디와 젠틀맨에게
봄을 예고하는 2월의 메시지를 보냅니다.
안녕들, 하신가요

적어도 사랑을 하는 동안 최선을 다해야지.
그러지 못함은 언제나 후회로 돌아오고
미련이 생기게 마련인 것이다.
어느 날 갑작스런 이별이 내게 다가온다 하더라도
아쉬움이 없도록 아껴두지 말아야지.

마크

다시

3월

March

생각을 실천으로 옮길 수 있는 자는
실패를 두려워하지 않기 때문이다.

실패를 두려워하지 않는 자는
자신에 대한 자신감과 신뢰가 있기 때문이다.

내 나이 스무 살에 내게 필요했던 건.
성공에 대한 욕심이 아니라 도전할 수 있는 열정이 아니었나 싶다.
실패를 두려워하지 않는 용기와 순수함이 절실하지 않았나 싶다.

_서주

이십대의 우리에게 정말 정작 중요한 건
성공에 대한 욕심이 아니라
도전할 수 있는 실패를 두려워하지 않는 용기.

이렇게 간단한 걸 왜 모르고 있었을까
성공하고 싶다고만
부자 되고 싶다고만
폼 나는 직업 갖고
폼 나게 여행 다니고 싶다고만
왜 그렇게 생각만 공상만, 환상만 잔뜩 키우고 있었을까.

실패를 해도 실패가 아니고
순수하지 않다 생각해도 순수할 수밖에 없는 내 나이 스무 살에
학벌에 매달리고, 잔뜩 겉멋만 들어
왜 넓은 세상을 찾지 않았을까, 노력하지 못했을까.

아직은 후회하긴 이른,
무엇을 시작하기에 결코 조금도 늦지 않은 우리 나이 이제 겨우 스물 몇.

_딱지

꿈을 좇는 이십대여.

불투명하다고 겁먹지 마
불투명한 건 노력하면 저절로 투명해져.

내가 하고 있는 것이 쫓고 있는 것이
나에게 행복을 가져다 줄까, 부를 가져다줄까,
재지 마. 고민하지 마. 두려워하지 마.
최소한 이십대에는, 더 많이 용감해도, 더 많이 무모해도 괜찮아.

청춘에게 앞날에 대한 두려움은 당연한 것이겠지만
이렇게 하면 나는 될까, 안 될까 하는 걱정을 열심히 하는 데 쏟으면
노력의 결과는 보장되는 게 세상인 것 같아.

나는 지나고 나니 알 것 같아.
포기하지 마.
지금 좇는 꿈이 얼마 난 크기인가에 대한 걱정 때문에
내가 좇는 꿈이 나의 미래를 보장할지 말지의 두려움 때문에 절대 포기하지 마.

그런다면,
남들의 재능보다 조금 작았어도, 능력이 조금 적었어도
너는 스스로에게 보다 떳떳한 삼십대를 맞이할 거야.

서른이 넘으면 알게 될 거야.

스스로에게 떳떳하면 남들보다 조금 못해도 절대 작아지지 않아.

노력은 절대 없어지지 않아.

친구의 꿈과 싸우지 말고 주변 사람들의 성과와 싸우지 말고

포기하려고 하는 네 자신과 싸워.

이긴다면,

이겨낸다면,

너는 삼십대 사십대 오십대에 무엇이든 할 수 있어.

인생에서 뭔가를 이룬다는 말, 정말 막연해.

이루고자 하지 말고 계속 나아가고자 해.

너는 점점 커지고 훌륭해질 거야. 점점 더 반짝일 거야.

청춘인 동안, 우리 더 열심히 하자.

후에 되돌아보면 그 반짝임에 묻혀 초라해보이는 지금의 우리,

정말 아름다웠다는 거 알게 될 거야.

사람이 사는 동안,
태어난 날을 기념으로 '생일'이라.
사람이 죽고 나면,
죽은 날을 기념으로 '기일'이라.

그렇게 우리는 동시대에 살아가는 수많은 사람의 탄생을, 삶을, 죽음을,
서로 기념한다. 외롭고 두렵지 않도록.

무엇이 처음이고 무엇이 끝인지 아무도 모르기에.

가방을 닫겠다.

아무도 없는 곳에서 아무것도 들지 않은 머리를 가지고,

버벅대는 타국 발음을 가지고,

아무것도 없는 하늘에 대고 우산질을 하겠다.

머리도 마음도 다 하얘져 돌아오겠다는

무모한 믿음이 가능하기를 바란다.

청춘은 떠난다.

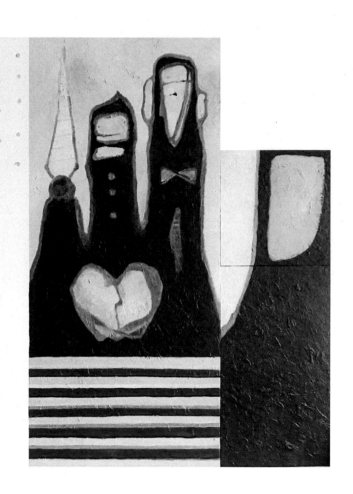

나는 늘, 오늘이 마지막인 듯 인사할 것이며

너는 늘 내일이 있는 양 인사를 저축할 테지만

너무 거만하게 내일을 장담했음을,

후회할 수도 있을 거야.

그랬다면, 달랐을까?

모르겠어.

오늘을 보고 사는 나와

내일을 보고 사는 너는,

애초에 다른 시간적 관점에 놓인 다른 시각적 관점 때문에

같은 것을 향하여도 다른 것을 보고

마주보아도 뿌옇기만 했던 것.

결국엔 그것만의 탓은 아니었는지 모르겠어.

뿌연 시야에서도

네가 있는 그대로의 나를 보려고만 했어도

나는, 당신이 속한 시간적 공간으로 옮겨갔을 거야.

두 번의 망설임도 없이

나는 그랬을 거야.

그래,

그랬다면,

달랐을 거야.

그러려 했던 마음을 아깝다 생각하게 만들지 말아주길 바래.

그래,

그런다면

다를지도 모르겠어.

상대를 향한 손바닥과 나를 향한 손등의 양면성을 물으며

그 머나먼 방향성을 물으며

오늘하루도 타인으로 부터

그에 대한 자기 자신의 태도로 부터 무사했냐고

마음을 숨기고 장난기 어린 표정의 가면을 쓰고 손바닥을 흔들며

스스로를 향해, 당신을 향해 명랑하면서도

너무나 이중적이고 무신경한

안녕(./?)이라는 말을 뱉을게.

267

110 Días!!

¿te echo una mano?

Orientador psicopedagógico.
Atención al Cliente.
Integración en la sociedad.
Orientación laboral.
Ayuda en hogar.
Monitor de fitness, ocio y tiempo Libre.

Tlf. 600694532

Estudiante.